AF200606

Das Buch

Hoch im Norden, dort wo sich eisiges Meer und tief-verschneite Berge treffen, findet er statt – jener geheimnisvoll magische Weihnachtsmarkt, auf dem nichts ist, wie es scheint.

Die Autoren der Schreibgruppe „Die Kraniche" haben sich auf die Reise gemacht, dem Weihnachtsmarkt ein paar der Geheimnisse zu entlocken: Lesen sie vom Glück in Schokolade, der Macht von Schneekugeln, von Wolle, deren Fäden mehr vermögen als zu wärmen und von vielem, vielem mehr …

Die Kraniche

Der magische
Weihnachtsmarkt

Umschlaggestaltung:
Katrin Bohnen und Ela Feyh

Lektorat: Kerstin Radermacher, Fabienne Siegmund

Satz: Jörg Neuburg

Herstellung und Verlag:
BoD – Books on Demand, Norderstedt.
ISBN: 978-3-74815007-7

Inhalt

Ragnas Wollzauber

Kerstin Radermacher

»Haltet den Dieb!«

Bjarne hörte die Stimme noch aus der Ferne. Er versuchte, langsamer zu gehen, um möglichst nicht aufzufallen. Den ganzen Tag schon hatte er sich immer wieder Mal auf dem Weihnachtsmarkt herumgetrieben und unbedachte Besucher um die ein oder andere Brieftasche oder Uhr erleichtert. Wenn er hungrig oder durstig geworden war, hatte er heimlich etwas zu Essen oder zu Trinken von den Ständen gestohlen, ohne sich erwischen zu lassen. Der Weihnachtsmarkt in dem kleinen Ort am Ende eines Fjordes, welcher von hohen Bergen umgeben war, war schon seit der Mittagszeit gut besucht gewesen, da viele, die aus den umliegenden Ortschaften kamen, die Stunde Helligkeit, die es um diese Jahreszeit gab, nutzen wollten, so dass er der Marktaufsicht nicht weiter aufgefallen war. Zwischen seinen Besuchen hatte er sich immer wieder in sein Versteck, einen kleinen Verschlag am Rande des Dorfes, zurückgezogen, um sich aufzuwärmen oder den stärkeren Schneeschauern auszuweichen, da es ihm an wärmender Kleidung fehlte. Dort hatte er auch in Ruhe seine Ausbeute gezählt und sicher verwahrt. Es war schließlich nicht ratsam, mit zu viel Geld auf dem Markt herumzulaufen, falls er - was er natürlich nicht hoffte - gefasst wurde. Außerdem gab es genug Gauner, die einen bestehlen konnten.

Nun, am Abend, klarte der Himmel auf und zwischen den Wolkenfetzen, die noch über den Himmel zogen, war neben den Sternen auch das Polarlicht des Öfteren zu sehen. Ein Naturschauspiel, welches er immer wieder gerne ansah, obwohl er schon so lange hier oben im Norden lebte. Das besser werdende Wetter lockte nun noch mehr Menschen auf den Weihnachtsmarkt, genauso wie die Lichterprozession, die am heutigen Abend zu Ehren der Heiligen Lucia von der Kirche durch das Dorf und über den Weihnachtsmarkt zurück auf die Bühne ziehen würde, welche neben der Kirche aufgebaut worden war und auf welcher der Kirchenchor im Anschluss an die Prozession ein Konzert mit Weihnachtsliedern geben würde.

Da! Bjarne sah zwei Wachtmeister, die sich suchend durch die Menge schoben. Sie suchten nach ihm, dem Dieb. Dieses Mal war er unvorsichtig geworden, hatte gedacht, die Verkäuferin am Stand mit den Schneekugeln und den Spieluhren würde ihn nicht bemerken, da sich vor ihrem Stand eine größere Menschentraube gebildet hatte, die die filigranen Kunstwerke bewunderte und bestaunte. Eigentlich konnte er mit der Spieluhr nichts anfangen, die er gestohlen hatte, aber irgendwie hatte er nicht widerstehen können. Irgendetwas an dieser Uhr hatte ihn in den Bann gezogen, so als sei es sein Schicksal, sie in den Händen zu halten. Und falls nicht, konnte er versuchen, für sie zusammen mit den Uhren bei seinem Hehler einen guten Preis zu erhalten. Bjarne verbarg die kleine Spieluhr unter seinem dünnen Pullover und sah sich suchend nach einem Versteck um. Vielleicht konnte er sich hinter einem der Verkaufsstände eine Zeit lang verstecken, denn er wollte nicht zurück zu seinem Verschlag am Dorfrand, sondern lieber hier irgendwo versteckt abwarten, bis die Prozession begann, um dann noch einmal sein Glück zu versuchen, bevor er mit fetter Beute das Weite suchte. Er ließ sich langsam aber dennoch stetig mit der Menge treiben und gelangte dadurch an den Rand des Marktes, wo er eine schmale Lücke zwischen zwei Ständen fand, in die er hindurch auf die Rückseite der Holzhütten schlüpfte.

Welch ein Zufall, dachte Bjarne, als er sah, dass die Tür einer der beiden Hütten an der Rückseite offenstand. Es schien gerade niemand darin zu sein, wie er nach einem schnellen Blick ins Innere der Hütte, welche durch das Licht der Öllampen ein wenig dämmrig wirkte, feststellte. Bei der Hütte handelte es sich um die, bei der Wolle und allerlei gestrickte Waren verkauft wurden. Ragnas Wollzauber, erinnerte er sich, stand außen an der Vorderseite der Hütte. Er schlüpfte hinein und nahm sich einen der Pullover, die dort zum Verkauf auslagen. Wenn er - so dachte Bjarne - sein Äußeres veränderte, würde er sich wieder freier auf dem Weihnachtsmarkt bewegen können. Der Pullover, den er aus der Auslage stahl, war aus dunkelblauer, weicher Wolle und hatte das für diese Gegend typische Muster im Schulterbereich. Bjarne nahm sich außerdem noch eine Wollmütze, unter der er sein blondes Haar versteckte, sowie einen Schal und ein paar Handschuhe. Die angezogenen Sachen waren wunderbar warm und würden ihm bei diesem Wetter gute Dienste leisten. Als er sich den Pullover über den Kopf zog, sah Bjarne aus dem Augenwinkel unter dem Verkaufstresen in einem kleinen Regal eine Geldkassette stehen. Die Götter waren ihm gewogen, es schien, als sei jetzt schon Weihnachten. Er machte einen Schritt in Richtung Geldkassette und beugte sich vor.

»Was machst Du da?«

Bjarne schrak zusammen und drehte sich in die Richtung, aus der die Stimme kam. Dort in der Ecke, welche er von der Tür aus nicht hatte einsehen können, saß in einem Schaukelstuhl neben einem kleinen Ofen eine alte Frau mit grauen, zu einem Dutt gebundenen Haaren, und sah ihn aus wie ihm schien trüben Augen hinter einer Brille forschend an. In der einen Hand hielt sie ihr Strickzeug, während sie mit der anderen Hand eine getigerte Katze mit langem seidigen Fell hinter den Pinselohren kraulte, die auf dem Schoß der alten Frau zusammengerollt lag und behaglich schnurrte.

»Ich kenne Dich nicht! Wer bist Du? Und was willst Du hier drinnen?«, wandte sie sich erneut an ihn.

»Ich, ähm«, stammelte Bjarne und machte schnell einen Schritt in Richtung Tür. Doch diese hatte sich zwischenzeitlich geschlossen und schien sich aus Bjarne nicht erklärbaren Gründen nicht öffnen zu lassen, wie er feststellte, als er versuchte, sie aufzudrücken.

»Bist Du ein Freund von Ylvie?«, hakte die alte Frau nach.

»Ich, ähm, ja, genau. Ich bin ein Freund von ihr«, erwiderte er, froh darüber, diese Ausrede benutzen zu können. Dabei wusste er gar nicht, wer diese Ylvie war. Er hoffte, dass es sich dabei um das junge Mädchen handelte, welches er im Laufe des Tages immer mal wieder gesehen hatte, wenn er am Stand vorbeigegangen war, und das die angebotenen Waren an interessierte Kunden verkauft hatte. »Sie bat mich, hier auf sie zu warten.« Er hoffte, dass die Frau nicht weiter nachfassen würde.

»Ich habe Dich aber noch nie hier gesehen«, machte diese ihm sogleich einen Strich durch die Rechnung.

»Oh, nun ja, ich kenne sie noch nicht so lange und bin auch erst heute hier angekommen. Deswegen sollte ich mich ja auch mit ihr hier treffen, damit wir uns nicht verpassen«, beeilte sich Bjarne zu sagen.

»Dann komm und setz dich zu mir«, bot ihm die Frau an. »Ylvie müsste gleich wieder da sein. Sie wollte nur schnell etwas von dem Flammlachs essen gehen und auf dem Rückweg neue Wolle mitbringen. Ich bin übrigens Ragna, Ylvies Großmutter.«

Bjarne schluckte und sah erneut zur Tür, die aber immer noch verschlossen war. Er beschloss, das Risiko einzugehen und abzuwarten. Vielleicht konnte er sich durch die Tür zwängen, wenn diese Ylvie wiederkam und sie öffnete. Er zog einen Schemel, der ebenfalls unter dem Verkaufstresen stand, hervor und setzte sich zu der alten Frau an den Ofen, aus dem es leise knackte, wenn das Holz in seinem Inneren zerfiel, und der wohlige Wärme verbreitete. Er nahm den Schal wieder ab und zog die Handschuhe aus. Die Mütze behielt er zur Vorsicht auf, falls die Wachtmeister einen Blick in die Hütte werfen würden, damit sie ihn nicht sofort erkannten. Die Verkäuferin vom Schneekugelstand hatte ihn bestimmt beschrieben.

»Erzähl mir doch etwas von Dir«, forderte Ragna Bjarne auf. Dieser überlegte kurz und begann eine Geschichte zu erfinden, was er machte und wie er diese Ylvie angeblich kennengelernt hatte. Er hoffte dabei, sich nicht zu sehr in sein Lügenwerk zu verstricken, aus Angst, dass Ragna die Wahrheit herausfinden und dann doch die Wachtmeister rufen würde.

Die alte Frau hörte seinen Erzählungen aufmerksam zu, während sie ihr Strickzeug wieder in beide Hände nahm und anfing, weiter zu stricken. Es handelte sich hierbei wohl um einen Schal, wie Bjarne mit einem Blick feststellte. Sie war es also anscheinend, die die ganzen Sachen gefertigt hatte. Während Bjarne redete, sah er sich neugierig weiter in der kleinen Hütte um. Neben den Kleidungsstücken, die zum Verkauf auslagen, gab es auch Figuren, die aus Wolle gehäkelt waren. Ragna war seinem Blick gefolgt.

»Die Sachen, die ich fertige, sind keine gewöhnlichen«, unterbrach sie seine Erzählungen. »Und auch wenn es so scheint, suchen sich nicht die Menschen die Stücke aus, sondern diese suchen sich die Menschen aus, von denen sie gekauft werden möchten, wenn sie merken, dass sie dadurch den Menschen helfen können. So findet manch einer, dem es zum Beispiel an Mut fehlt, diesen wieder, wenn er einen Pullover anzieht. Oder so manch einem, der scheinbar bislang immer nur Pech hat, widerfährt etwas Glückliches, wenn er sich einen Schal umlegt. Oder eine der Mützen hilft einem bei einer schwierigen Entscheidung, wenn man sie aufsetzt. Viele der Leute, die etwas von unseren Sachen gekauft haben, kamen später noch einmal zu uns und behaupteten, es sei etwas Magisches mit ihnen geschehen.« Ragna lachte leise. »Er dort zum Beispiel«, wies sie ihn auf einen kleinen Wollhasen hin, der zwischen den Pullovern saß, »ist ebenfalls kein gewöhnliches Spielzeug. Wenn der Hase sich einen ausgesucht hat und man ein reines Herz hat und sich gut um ihn kümmert, dann - und nur dann - wird er lebendig wie ein echter Hase. Er wird ein treuer Begleiter und Beschützer, denn er passt auf einen auf, dass einem nichts Böses widerfahren wird.«

»Wirklich?« Bjarne schaute ungläubig von ihr zu dem Hasen und zurück.

»Glaube mir«, versicherte ihm Ragna, »egal wie klein etwas ist, es kann über sich hinauswachsen, wenn es nötig sein sollte. So hat alles und jedes, was Du hier in der Hütte siehst, seine Bestimmung, egal wie diese aussehen wird.«

»Und was ist mit den Puppen dort?«, fragte Bjarne mit dem Kinn in Richtung von zwei Puppen deutend, die ebenfalls in der Auslage standen und winzige Pullover und Mützen anhatten, die denen ähnelten, die Ragna verkaufte. »Hast Du die auch selber gemacht? Die sehen so täuschend echt aus, wie reale Menschen. Was können die denn?«

»Nun, nicht ganz«, zögerte Ragna. »Die Pullover sind von mir, aber die Figuren selbst habe ich nicht gemacht. Und können … nein, die können nichts. Aber zurück zu Dir. Ich hatte Dich eben unterbrochen«, lenkte Ragna ab. Bjarne seufzte und fuhr mit seinen Erzählungen fort.

Nach einer Weile legte Ragna ihr Strickzeug wieder zur Seite, setzte die Katze, die immer noch auf ihrem Schoß gelegen hatte, auf den Boden der Hütte ab und stand mühsam auf.

»Wie unhöflich von mir«, sagte sie zu Bjarne. »Jetzt sitzen wir hier schon eine Weile zusammen und ich habe Dir gar nichts angeboten. Möchtest Du vielleicht einen Tee, um Dich noch etwas aufzuwärmen?«

»Ja, gerne«, dankte Bjarne ihr, froh, ein wenig Zeit schinden zu können, da ihm langsam die Ideen ausgingen, was er noch alles erzählen konnte. Außerdem wurde es langsam wieder etwas kühler in der Hütte, da das Holz im Ofen scheinbar fast heruntergebrannt war.

Ragna nahm ein paar neue Holzscheite von einem Stapel neben dem Ofen, öffnete die Klappe und schichtete die Scheite auf die wenige noch vorhandene Glut. Dann bückte sie sich zu dem Korb, der neben ihrem Schaukelstuhl stand, und holte Raksu, einen kleinen Zwergfeuerwyrm, hervor, der zwischen der Wolle gelegen und friedlich geschlummert hatte. Sie kitzelte den winzigen, faustgroßen grünen Drachen an seinem roten Bauch, woraufhin dieser erwachte und mit einem leisen Fauchen einen kleinen Feuerstrahl ausstieß, der die Glut im Ofen wieder auflodern ließ, sodass sich die Flammen an den neuen Holzscheiten nähren konnten. Sie schloss die Klappe des Ofens, legte Raksu zurück in den Korb, wo er sich wieder zusammenrollte, stellte einen kleinen Kessel auf die Ofenplatte und befüllte diesen mit Wasser und den Kräutern, welche sie am Morgen am Tee- und Gewürzstand von Astrid gekauft hatte.

Als die Kräutermischung im Kessel heiß genug war und ihren aromatischen Duft durch die Hütte verbreitete, füllte Ragna diese in eine Tasse und gab sie Bjarne, der vorsichtig an ihr nippte. Sogleich merkte er, wie ihm wärmer wurde. Er trank den Tee nach und nach aus, bis nur noch ein kleiner Rest in der Tasse übrig war. Wie warm ihm jetzt war. Er wischte sich mit dem Ärmel über das Gesicht.
»Oh, Vorsicht!«, warnte ihn Ragna. »Du hast Dir einen Faden am Ärmel gezogen. Warte, ich vernähe ihn schnell, damit sich die Wolle nicht wieder aufribbelt.« Schon kramte sie in dem Korb, bis sie eine lange spitze

Nähnadel gefunden hatte, und zog Bjarne am Ärmel etwas zu sich heran. »Du kannst den Pullover ruhig anlassen, halt nur still, in ein, zwei Stichen ist der Faden wieder fest.« Dabei fuhr sie flink mit der Nadel durch die Wolle und verknotete den Faden, wobei sie leise in einer Sprache, die Bjarne nicht verstand, vor sich hin murmelte.

»Autsch!«, schrie Bjarne leise auf. Ragna hatte ihn mit der Nadel in den Arm gestochen.

»Oh, das tut mir Leid, verzeih. Ich wollte Dich nicht verletzen«.

»Ach, kein Problem, ich hab mich nur erschrocken. Es geht schon wieder«, beruhigte Bjarne die alte Frau und lehnte sich wieder zurück, nachdem Ragna die Nadel entfernt hatte. Dabei bemerkte er ein leises Kribbeln im Arm, ausgehend von der Stelle, wo sich der Stich befand. Das Kribbeln wurde stärker und stärker und langsam kam in Bjarne der Verdacht auf, dass etwas nicht stimmte. Er sah zu Ragna, die sich zwischenzeitlich wieder in den Schaukelstuhl gesetzt hatte und ihn erwartungsvoll und wissend ansah. Er versuchte, etwas zu sagen, doch seine Stimme schien zu versagen. Was war nur mit ihm los? Ihm schwindelte. Es schien, als ob die Hütte sich um ihn drehte und dabei immer größer wurde. Nein, nicht die Hütte wurde größer, er wurde kleiner! Und nicht nur das, er konnte sich auch nicht mehr bewegen. Entsetzt sah er zu der alten Frau hinüber. Diese lächelte ihn kalt an.

»Das geschieht Dir ganz Recht. Du bist ein gemeiner Dieb und Lügner. Erst bestiehlst Du uns und wahrscheinlich noch andere Leute. Und dann lügst

Du einem auch noch frech ins Gesicht. Glaubst Du, ich hätte nicht bemerkt, wie Du Lüge um Lüge erzählt hast? Wenn Du nur einmal die Wahrheit gesagt hättest, nur ein einziges Mal! Aber das hast Du nicht. Somit hast Du dein eigenes Schicksal besiegelt.« Mit diesen Worten hob sie Bjarne, der mittlerweile nur noch Puppengröße hatte und vollständig erstarrt und stumm war, hoch und stellte ihn in die Auslage des Tresens, wo bereits die beiden anderen Puppen standen.

»Großmutter, ich bin wieder zurück. Es tut mir leid, ich bin aufgehalten worden, aber ich habe mit Lilith von dem Schokoladenstand noch Rezepte ausgetauscht und mich dabei verquatscht. Hier ist die neue Wolle, ich lege sie gleich in die Auslage.« Ylvie kam zur Tür herein gestürmt und ging zum Tresen. Dabei fiel ihr die neue Puppe ins Auge, die dort stand, mit einem dunkelblauen Pullover und einer Mütze auf dem blonden Haar, die verblüffend echt wirkenden Gesichtszüge zu einem Staunen verzogen. Sie sah ihre Großmutter fragend an, welche nur abwinkte.

»Frag nicht, ich erzähl es Dir später. Bring jetzt bitte erst einmal diese Spieluhr zu Marit zurück, sie wird sie schon schmerzlich vermissen.« Dabei reichte sie Ylvie die Spieluhr, die Bjarne unter seinem Pullover herausgefallen war, als er zur Puppengröße schrumpfte. Ylvie nickte und ging wieder aus der Hütte, sie konnte sich schon denken was passiert war, schließlich hatte sie den jungen Mann heute schon des Öfteren über den Markt laufen gesehen und ihn dabei beobachtet, wie er ahnungslosen Leuten in die Taschen gegriffen hatte.

Und anscheinend hatte er nicht nur diese bestohlen, sondern es auch bei Marit, ihr und ihrer Großmutter versucht. Doch wie sagte ihre Großmutter immer? Jeder ist seines Glückes eigener Schmied und jeder bekommt das, was er verdient.

Vom Glück
in Schokoladen

Katrin Bohnen

»Süßes Glück«, so nennt vielleicht manch einer den Verzehr von Schokolade.

Bereits als Kind hatte sich Lilith hoffnungslos in den Genuss der dunklen Köstlichkeit verliebt.

Ihre Großmutter Edda war eine Meisterin in der Zubereitung von Schokolade gewesen.

Als Kind hatte sie oft dabei zugesehen und als sie älter war sogar geholfen. Aber das Beste dabei war die Verkostung gewesen. Sie hätte stundenlang naschen können, bis ihr übel geworden wäre.

Ihre Großmutter war stets freundlich und hilfsbereit gewesen und wurde deswegen von allen Dorfbewohnern geschätzt und geliebt. Ihr hatte es Freude bereitet, anderen Menschen mit Schokolade ein kleines Stück Glück zu schenken. Angefangen in ihrer eigenen kleinen Küche, wurde schon in kürzester Zeit ein florierendes Geschäft daraus. Sie hatte sich einen kleinen Laden gekauft, um ihre Köstlichkeiten dem ganzen Dorf anbieten zu können. Und die Dorfbewohner liebten Großmutters Kreationen.

Von Tafelschokolade, Pralinen und Kuchen bis hin zur Trinkschokolade war für jeden etwas Passendes dabei. Ihre Großmutter hatte immer gesagt: »Die größte Belohnung für mich ist das glückliche Lächeln der Kunden«. Bis zu ihrem Tod hatte sie den Laden mit Hingabe geführt.

Lilith hatte den Laden vererbt bekommen und führte ihn seither in gewohnter Tradition weiter.

Zu dieser Tradition gehörte auch dieser Weihnachtsstand. Jahr für Jahr fand er in ihrem Heimatdorf hoch oben im Norden statt, inmitten auf einem kleinen Marktplatz nahe einer kleinen Kirche.

In der Mitte befand sich wie in jedem Jahr das wunderschöne, alte Karussell, das sie als Kind schon geliebt hatte. Vor der Kirche stand ein großer, geschmückter Weihnachtsbaum, hell erleuchtet mit hunderten von Lichtern.

Lilith liebte diese ganz besondere Zeit. Die Düfte, die von den anderen Ständen herüberwehten, die vielen Lichter und die glücklichen Gesichter der Besucher.

Heute war das Fest der heiligen Lucia. An diesem Tag waren immer besonders viele Besucher auf dem Weihnachtsmarkt und sie hatte alle Hände voll zu tun.

Vor kurzem hatte Lilith deshalb eine Zwergelfe als Aushilfe eingestellt.

Fenja, die nicht größer war als eine Elle lang, hatte rötliche, wilde Haare, kleine Sommersprossen auf der Nase, war leicht chaotisch und manchmal etwas hektisch, jedoch stets freundlich und tatkräftig.

Mittlerweile half sie auch bei der Zubereitung der Schokolade, allerdings passierte ihr ab und zu noch der ein oder andere Fehler. Mal war es zu viel von einer Zutat oder gar die falsche oder sie ließ die Schokolade überkochen, weil sie in Gedanken ganz woanders war. Lilith hatte jedoch viel Geduld mit ihr und war ihr auch nie böse, denn schließlich lernte sie erst noch.

Heute hatte Lilith das Gefühl mit der Herstellung nicht mehr nachzukommen. Die Besucher kamen in Scharen, um ihre Delikatessen zu probieren. Vorne in der Auslage befanden sich kleine Schalen aus Ton mit weihnachtlichen Motiven, worin Schokolade zum Probieren lag.

An ihrem Stand »Liliths Schokoladenglück« verkaufte sie die leckersten Köstlichkeiten. Pralinen mit weihnachtlichen Gewürzen wie Zimt und Sternanis, Tafelschokolade und die beste Trinkschokolade in dieser Gegend.

Diese köchelte in einem alten Kessel über einer kleinen Feuerstelle. Ihre beiden Zwergfeuerwyrme Fuku und Ryu sorgten dafür, dass sie immer schön heiß war. Ihre orange-bronzene Schuppenhaut schimmerte dabei sanft im Licht des Feuers.

Etwas besorgt schaute Lilith auf den Sack mit

Kakaobohnen, der immer kleiner wurde. Das würde nicht mehr lange ausreichen. Sie musste noch einen zusätzlichen aus dem Laden holen.

»Fenja, ich muss noch mal kurz in den Laden, um neue Kakaobohnen zu holen. In der Zwischenzeit passt du bitte auf den Stand auf und kümmerst dich um die Besucher. Ich brauche nicht lange.«

»In Ordnung«, antwortete Fenja.

Es war nicht das erste Mal, dass Lilith Fenja für kurze Zeit den Laden in ihre Verantwortung gab.

Auch wenn sie noch nicht lange bei ihr war, konnte sie schon gut die Kunden bedienen und kassieren. Sie zog sich ihren dunkelroten Mantel an und trat hinaus. Es hatte angefangen zu schneien. Leise rieselten die dicken, weißen Flocken vom Himmel herab und bedeckten die Stadt mit einem Kleid aus funkelnden Sternen.

Lilith zog sich ihre capeartige Kapuze über ihre brünetten, gewellten Haare tiefer ins Gesicht und machte sich auf in Richtung Laden.

Kaum war Lilith gegangen, bemerkte Fenja, dass das Holz zum Nachlegen knapp wurde. Sie flog hinaus hinter den Stand, wo das Holz gelagert wurde, und nahm ein paar Scheite, die sie gut tagen konnte, mit. Zur Sicherheit legte sie ein Holzstück nach, wodurch das Feuer für die Trinkschokolade wieder stärker brannte und sie leicht vor sich hin köcheln ließ. Dabei stieg ihr der süße Duft in die Nase und für einen Moment erinnerte sie sich daran, wie sie Lilith kennengelernt hatte. Ihre Eltern hatten ihr vor einigen Monaten zum ersten Mal Schokolade aus

Liliths Laden mitgebracht.

Es war himmlisch, ja sogar magisch gewesen, wie sie auf ihrer Zunge geschmolzen war. Von da an entdeckte sie ihr Interesse an Schokolade und wollte auch einmal so etwas Köstliches herstellen.

Ab dem Zeitpunkt hatte sie fast jeden Tag am Schaufenster von Lilith gestanden, unschlüssig, ob sie sie nach einem Job fragen sollte. Aber sie hatte sich einfach nicht getraut.

Lilith war es nicht entgangen, dass sie täglich da war, und bat sie eines Tages auf eine Tasse heiße Trinkschokolade herein. Sie suchte eine Aushilfe und freute sich, dass Fenja den Job annahm. Mittlerweile waren sie auch so etwas wie Freundinnen geworden. Ein Lächeln lag auf ihren Lippen, als sie sich wieder zur Schokoladenauslage umdrehte. Doch dieses Lächeln erstarb augenblicklich beim Anblick der leeren Probierschalen und der durchwühlten Auslage. Was war hier nur passiert?

»Nein! Nein, Nein... das darf nicht wahr sein...«, rief sie leicht panisch.

»Haltet den Dieb!«, hörte sie jemanden aus der Ferne rufen. Als sie sich umsah, um zu sehen, woher dieser kam, erkannte sie nur noch, wie ein blonder Schopf durch die Menge rannte. Ein rundlicher Wachtmeister lief schnaufend hinter ihm her. Sie war also nicht die einzige, die beklaut worden war. Das änderte aber nichts daran, dass nun keine Schokolade mehr zum Probieren da war. Das würde Lilith gar nicht gefallen.

»Krötenschleim und Schlangenbiss!«, murmelte

Fenja leise vor sich hin. Das musste passiert sein, als sie Holz geholt und dann verträumt ins Feuer geschaut hatte.

Lilith hatte ihr die Verantwortung überlassen und sie hatte sie enttäuscht. Würde Lilith sie vielleicht sogar dafür feuern?

Panik stieg in ihr auf. Aber sie liebte diesen Job so sehr. Sie wollte nicht gefeuert werden.

Sie musste also schnell neue Schokolade herstellen, solange Lilith noch nicht zurück war.

Da sie schon öfters helfen durfte, wusste sie die einzelnen Schritte.

Aber erst einmal musste sie die Auslage wieder herrichten. Sie legte alles wieder an ihren rechten Platz und die paar wenigen angeknabberten Köstlichkeiten ließ sie schnell verschwinden, indem sie sie selber aß. Danach machte sie sich an die Herstellung.

Zuerst mussten die Kakaobohnen fein zerstoßen werden. Aber alleine würde es zu lange dauern. Sie brauchte ein bisschen Unterstützung. Sie lugte unter den Tresen und sah schon ihre ersten beiden Helfer, die zwei Steinbeißer. Steinbeißer waren handgroße Wesen, deren Haut so felsig und kantig wie Steine war. Sie hatten starke Kiefergelenke, mit denen sie selbst die dicksten Steine zerbeißen konnten. Lilith benutzte sie, um die Kakaobohnen zu zerkleinern. Da die beiden gerade schliefen, weckte Fenja sie sanft.

»Pst, entschuldigt, dass ich euch wecken muss, aber ich brauche dringend eure Hilfe. Ich muss ganz schnell neue Schokolade herstellen. Und ihr könnt mir helfen, die Kakaobohnen zu zerkleinern.«

Etwas widerwillig erwachten die beiden Steinbeißer und kletterten auf die Arbeitsfläche. Fenja füllte eine große Steinschale mit Kakaobohnen, worin die beiden Beißer ihre Arbeit verrichten konnten.

Sie selbst fing an, die restlichen Zutaten vorzubereiten.

Danach stieg sie eine kleine Leiter runter, die Lilith extra für sie besorgt hatte, damit sie über die Theke blicken und bedienen konnte, ohne ständig in der Luft zu schweben und nahm mit Hilfe eines selbstgebauten Flaschenzuges den Kessel vom Haken und hängte einen neuen auf.

Die beiden Steinbeißer hatten in der Zwischenzeit alle Kakaobohnen zerkleinert, sodass Fenja sie nun mit einem großen Mörser zu feinem Pulver zermahlen konnte, um es anschließend mit den anderen Zutaten in dem Kessel zu vermischen. Beunruhigt schaute Fenja auf die Kirchturmuhr. Ihr blieb nicht mehr viel Zeit. Lilith war bestimmt schon auf dem Rückweg.

Sie musste schneller arbeiten. Fenjas Bewegungen wurden hektischer und kleine Schweißperlen bildeten sich auf ihrer Stirn. Die Kakaomasse köchelte auf und wurde sämiger. Für die Süße gab sie noch etwas Blumenhonig hinzu.

Und als letztes noch die ganz besondere Zutat. Den Glücksstaub. Glücksstaub war feiner Feenstaub gemischt mit zermahlenem Vierblättrigem Klee.

In kleinen Mengen konnte Glücksstaub für einen kurzen Zeitraum das Gefühl von Glück und Zufriedenheit erwecken. Damit arbeitete Lilith, ebenso wie schon ihre Großmutter vor ihr. Beim Kosten ihrer Schokolade sollten die Menschen genau das verspüren. Der Staub befand sich in einem kleinen Glasflakon auf dem Sims über der Feuerstelle. Fenja schwebte hoch zum Sims, nahm sich das Fläschchen, entkorkte es und gab etwas Glücksstaub hinzu. Für einen kurzen Augenblick glomm es in der Flüssigkeit leicht grün auf. Da läutete die Uhr die nächste Stunde ein.

Oh Gott, die Zeit rinnt. Und die Schokolade muss noch aushärten, dachte Fenja. Nun geriet sie noch mehr in Hektik. Schnell steckte sie den Korken wieder auf die Öffnung, allerdings bemerkte sie nicht, dass dieser die Flaschenöffnung nicht richtig verschloss, und stellte das Fläschchen schnell wieder auf den Sims.

Leider zu sehr an den Rand. Sie drehte sich um, um die Formen für die Schokolade vorzubereiten, und bemerkte dadurch nicht, dass das Fläschchen umgekippt war und ein großer Teil vom Glücksstaub mitten in den großen Topf mit der Schokolade fiel.

Sie befüllte schnell die Formen mit der dunklen Flüssigkeit. Nun mussten sie noch aushärten. Normalerweise würde das Stunden dauern. Diese Zeit hatte sie aber nicht. Da fiel ihr ein, dass bei Schnee auch immer die kleinen Eiselfen unterwegs waren, mit denen sie befreundet war. Fenja pfiff leise eine Melodie, die nur für die feinen Elfenohren zu hören war, und schon nach kürzester Zeit kamen vier kleine Eiselfen angeflogen. Sie waren nicht größer als ein menschlicher Daumen, ihre Haut war ebenso wie ihre Haare weißlich schimmernd. Ihre Flügel waren durchsichtig wie Glas und geschmückt mit Eisblumenmustern.

»Danke, dass ihr gekommen seid. Ich brauche bitte eure Hilfe. Diese Schokoladenformen müssen ganz schnell gekühlt werden.«

»Kein Problem, Fenja, überlass das nur uns«, piepsten die Elfen mit ihren hohen Stimmen.

Daraufhin flogen immer zwei Elfen zu je einer Form und hauchten einen feinen Eisnebel über die Formen. Erleichtert sah Fenja an der Masse, wie die Schokolade fester wurde. Wenn sie Glück hatte, würde Lilith nie etwas davon erfahren.

Als die kleinen Elfen mit ihrer Arbeit fertig waren, verabschiedeten sie sich bei ihr und flogen wieder davon.

Schnell löste Fenja die kleinen Tafeln Schokolade aus den Formen und legte sie in die Schalen für die Besucher.

»Geschafft!«, sagte sie mit einem zufriedenen und erleichterten Lächeln.

Sie hatte es gerade noch rechtzeitig geschafft. Als sie sich jedoch im Inneren des Standes umsah, erkannte sie, welches Chaos sie hinterlassen hatte. Reste von Kakaobohnen und Pulver lagen noch auf der Arbeitsfläche, die Metallschüssel und Formen lagen auf dem Boden verstreut. Um aufzuräumen blieb ihr aber keine Zeit mehr, denn die Besucher kamen allmählich vom See zurück, um wieder gemütlich über den Weihnachtsmarkt zu schlendern. Fenja legte ihr freundliches Lächeln auf und versuchte, das Chaos zu ignorieren.

Die Menschen bestaunten den Stand und die Auslage mit der ganzen Vielfalt an Leckereien.

Sie nahmen sich Schokoladenstückchen aus den Schalen und Fenja konnte an ihren entzückten Blicken sehen, wie die Schokolade auf ihren Zungen zerschmolz. Sie war ihr also gelungen.

Ein Gefühl der Erleichterung durchströmte sie. Die nächsten Minuten verlief alles wie immer. Menschen kamen und gingen wieder, kauften etwas oder tranken einen Becher mit heißer Trinkschokolade.

Den Kessel hatte sie zuvor wieder an den alten Platz gehangen.

Alles schien in Ordnung zu sein, bis sie bemerkte, dass ein paar Leute anfingen, sich merkwürdig zu benehmen. Eine ältere Dame lachte wie ein kleines Kind und spielte auf dem Karussell. Ein Mann kicherte hysterisch und konnte damit nicht mehr aufhören. Einige Menschen hatten sich auf der kleinen Bühne eingefunden und spielten auf den schon bereit gestellten Instrumenten für die Musikgruppe, die später noch spielen würde. Manch einer tanzte ausgelassen dazu.

Fenja verfolgte das Szenario mit weit geöffneten Augen und Mund.

Was beim Zwergenbart war nur in die Menschen gefahren? Wieso benahmen sie sich so merkwürdig?, dachte sie. Sie erinnerte sich, dass genau diese Besucher eben noch an ihrem Stand gewesen waren und die Schokolade probiert hatten. Ob vielleicht etwas mit der Schokolade nicht stimmte?

Prüfend blickte Fenja sich an der Kochstelle um, wo sie eben noch die Schokolade angerührt hatte. Und da sah sie es. Das kleine Glasfläschchen mit dem Glücksstaub. Leer. Es musste ihr in der Eile umgefallen sein. Die Menschen hatten eine Überdosierung an Glücksstaub zu sich genommen.

»Oh Nein...«, wisperte Fenja. Was hatte sie nur getan? Nun war alles noch schlimmer als vorher. Wie sollte sie das nur Lilith erklären? Kaum hatte sie den Namen erwähnt, sah sie durch die Menge einen roten Mantel auf den Stand zukommen. Es war Lilith. Schon von weitem erkannte sie, wie aufgeregt und fragend Lilith aussah. Natürlich hatte sie bemerkt, wie die Menschen sich benahmen. Schnellen Schrittes kam Lilith am Stand an und ging durch die kleine Türe an der Seite rein und schaute sie fragend an.

»Fenja, was ist hier passiert? Warum spielen diese Leute verrückt und warum sieht es hier so chaotisch aus?«

Die Zwergelfe schwebte wie ein kleines Häufchen Elend vor ihr und brachte keinen Ton heraus. Was würde passieren, sobald Lilith die Wahrheit erfuhr?

»Fenja... antworte!«, sagte Lilith nun ernster.

Diese zuckte leicht, kleine Tränen rannen nun über ihre Wangen. Nervös und beschämt biss sie sich auf ihre Lippe und zappelte leicht hin und her.

»Ich wollte das nicht! Bitte glaub mir Lilith!«, brach es aus ihr heraus.

»Alles ging so schnell und ich wollte doch nur alles wieder in Ordnung bringen, weil ich Angst hatte, wie du reagieren würdest«, schniefte Fenja.

»Was wolltest du nicht, Fenja? Du musst mir schon die ganze Geschichte erzählen, damit ich es verstehen kann.«

Und das tat Fenja auch. Am Ende der Geschichte blickte Lilith sie schweigend an.

»Bitte feuer mich nicht...«, flüsterte Fenja unter Tränen.

Liliths Miene veränderte sich. Sie fing leicht an zu lächeln, ein warmes, freundliches Lächeln.

»Ach Fenja... du kleine chaotische Elfe. Wie kommst du darauf, dass ich dich feuern würde? Natürlich bin ich nicht erfreut über den Anblick, aber das mit dem Diebstahl hätte jedem passieren können. Und ich bin gerührt, dass du versucht hast, den Fehler wieder zu begleichen. Ich wäre dir nicht böse gewesen, wenn ich zurückgekommen wäre, und du mir das mit den Diebstahl erzählt hättest.«

»Das heißt, ich bin nicht gefeuert?«, fragte Fenja zögernd.

»Natürlich nicht. Ich freue mich, dich als Gehilfin an meiner Seite zu haben. Auch wenn du manchmal noch etwas chaotisch bist. Aber das bist halt du.«

Auf Fenjas Gesicht zeichnete sich Erleichterung ab. Vor lauter Freude umarmte sie Lilith überschwänglich und bedankte und entschuldigte sich gefühlt tausend Mal bei ihr.

»Okay Fenja, jetzt müssen wir wieder dafür sorgen, dass die Leute wieder normal werden.«

»Und wie?«, fragte Fenja.

Als Antwort holte Lilith ein kleines Tongefäß vom

Sims, öffnete es und schüttete etwas auf ihre Hand. Kleine, rotgefleckte Beeren kullerten nach und nach hinaus.

»Das sind Beeren der Drei-Sonnen-Pflanze. Sie werden die Wirkung des Glücksstaubs aufheben. Wir müssen sie nur fein zermahlen und in eine Flüssigkeit geben. Am besten in die Trinkschokolade. Während ich die Beeren zermahle, bereite du bitte schon mal ein paar Becher mit Trinkschokolade vor.«

Fenja tat, wie ihr geheißen, und in kürzester Zeit standen die Becher zur Verteilung bereit.

Mit einem Tablett machte sich Lilith daran, zu den sich merkwürdig benehmenden Menschen zu gehen und ihnen einen Becher zu reichen. Fenja flog mit zwei Bechern hinterher und verteilte diese. Nichts ahnend, freuten sich die Besucher über die heiße Schokolade und nahmen sie gerne an. Schon nach dem ersten Schluck zeigten die Beeren ihre Wirkung. Für einen Moment schlossen die Leute die Augen und ein leichter Ruck ging durch ihren Körper. Als sie die Augen wieder öffneten, benahmen sie sich wieder ganz normal, als wäre nie etwas gewesen.

Als alle Becher verteilt waren, trafen sich Lilith und Fenja in der Mitte des Platzes wieder zusammen. In dem Moment ging die Musikgruppe auf die Bühne und begann mit ihrem Programm. Zu Beginn stimmten sie ein nordisches Weihnachtslied an, das von Glück auf Erden und dem Geschenk der Freundschaft handelte. *Passend*, dachte Fenja bei sich.

Und mit einem Mal rückten die Vorfälle des Tages in den Hintergrund. Alles was sie noch wahrnahm, waren die Stimmen und die Musik von der Bühne, im Hintergrund der wunderschöne Weihnachtsbaum, Schneeflocken, die leise vom Himmel fielen, Menschen, die glücklich aussahen, und die weihnachtlichen Gerüche in der Luft.

Sie fühlte einfach nur pures Glück und Zufriedenheit. Und das ganz ohne Schokolade. Auch wenn Liliths Schokoladen den Menschen einen Moment des Glücks schenkten, so waren es doch die kleinen Dinge, von denen wir täglich umgeben sind, die uns wahres und dauerhaftes Glück bescherten.

Schokolade selber machen

Zutaten:
50 g Kakao
50 g Margarine
200 g Milchpulver
125 ml Sahne
100 g Honig

Außerdem benötigen Sie ein Thermometer, ein Wasserbad und Backpapier oder Schokoladenförmchen.

Und so stellen Sie die Schokolade her:
Geben Sie die Margarine in einen Topf über dem erhitzten Wasserbad und lassen Sie sie schmelzen.
Vermengen Sie das Milchpulver mit dem Kakao und geben Sie beides langsam zur Margarine hinzu. Gut verrühren, damit keine Klumpen entstehen.
Nach und nach gießen Sie nun unter Rühren die Sahne hinzu.
Nehmen Sie die Masse vom Wasserbad und lassen Sie sie unter Rühren auf 50 Grad Celsius abkühlen. Nun rühren Sie den Honig ein - fertig!

Anstatt die Schokoladenmasse selber herzustellen, können Sie auch fertige Kuvertüre benutzen. Diese besteht entweder aus

200 g Zartbitterkuvertüre,
200 g Vollmilchschokolade oder
200 g weißer Schokolade.

Praktisch: Auch aus Schokoladenresten lässt sich neue Schokolade herstellen. So können Sie übriggebliebene Osterhasen zu Weihnachten wiederverwerten.

Und so stellen Sie die Grundmasse her:
Hacken Sie die Schokolade klein und erhitzen Sie sie langsam über dem Wasserbad. Während die Schokolade schmilzt, sollten Sie die restlichen Zutaten vorbereiten, damit Sie sie zügig weiterverarbeiten können. Schaffen Sie die Vorbereitung der übrigen Zutaten nicht in der Schmelzzeit der Schokolade, sollten Sie dies vorher erledigen. Denn: Wenn die Schokolade einmal geschmolzen und wieder fest geworden ist, lässt sie sich nur noch schwer weiterverarbeiten.

Die flüssige Schokoladenmasse geben Sie auf ein mit Backpapier ausgelegtes Backblech und verstreichen sie, sodass die Masse etwa zwei Zentimeter dick ist. Nun geht es an die Feinarbeit, das individuelle Topping.

Trinkschokolade mit Chaigewürzen

200 g	Milchschokolade
200 g	dunkle Schokolade (70 % Kakaoanteil)
50 g	ungesüßtes Kakaopulver
1	Prise Salz
75 g	brauner Zucker
1	gehäufter EL Speisestärke
½	TL gemahlener Ingwer
2	TL Zimt
8	Kubebenpfefferkörner (oder normale Pfefferkörner)
4	Gewürznelken
3	Kardamomkapseln
4	Pimentkörner

Schokolade fein reiben (mit der Küchenmaschine oder von Hand). Pfeffer, Nelken, Kardamom und Piment im Mörser fein zerkleinern. Alle Zutaten in einer großen Schüssel gut vermischen und in kleine Gläser abfüllen.

1 EL Trinkschokolade in 200 ml heißer Milch auflösen.

Schon beim Vorbereiten kommt bei mir ein bisschen weihnachtliche Stimmung auf. Das liegt an den Gewürzen und dem herrlichen Duft, der einem beim Mischen in die Nase steigt. Genau richtig, am Anfang der Weihnachtssaison! Überhaupt, der frühe Vogel fängt den Wurm – selber machen ist so viel besser, als im letzten Moment schon voller Verzweiflung hektisch mit Tunnelblick durch die Läden zu rennen und „etwas" finden zu müssen.

Adventszeit

Verena Hansen

Astrid trat auf den verschneiten Marktplatz hinaus. Wie gut es tat, die kalte Luft mit den Gerüchen von Keksen, Nüssen und Glühwein einzuatmen. Über ihr leuchtete das Nordlicht in seinen kühlen Farben. Sie liebte diese Zeit des Jahres. Wenn die Kälte in ihren Ohren knisterte, alles vor Erwartung und Aufregung kribbelte und man dann doch entspannt seine Hände um eine warme Tasse Tee oder Glühwein legen konnte.

Tee und Glühwein waren Astrids Spezialitäten. Sie sammelte im Sommer Kräuter und trocknete sie. Ihr Wein bekam seinen besonderen Geschmack durch so manches Gewürz. Aber der Funke, der ihre Getränke so besonders machte - den gab ihre Zwergfeuerwyrmin Agda dazu. Sie waren ein unschlagbares Team. Morgens, wenn Astrid die Feuer vorbereitete, um heißes Wasser für die Tees zu haben, und sie begann, die Weine zu erhitzen, damit alles gut durchziehen konnte, fachte Agda die Feuer an. Außerdem hielt sie diese den Tag über am Brennen. Bei genau der richtigen Temperatur. Und während Astrid die Getränke anrührte, hier und da noch ein Kraut oder Gewürz dazu gab, spielte Agda mit dem Feuer und ließ die Funken sprühen. Diese fielen auch in das Wasser, mit dem Astrid die Tees machte, und in den Wein. Und dort entfalteten sie die Magie, für die die Adventszeit so berühmt war. Einen echten Zauber, der einem half, die Adventszeit zu genießen. Die Zeit, die sprichwörtlich so magisch sein soll, was aber oft im Alltag untergeht. Die Muskeln entspannten sich. Die Menschen nahmen sich die Zeit, sich hinzusetzen. Sie bewunderten die Nordlichter. Sahen den Kindern dabei zu, wie sie fröhlich auf dem Karussell fuhren, und nahmen sich und ihre Umgebung wahr. Hektik und Streit fielen von ihnen ab. Es legte sich Ruhe über sie. Aber das war nur der Anfang. Dies hatte Astrid schon erreicht, bevor sie mit Agda zusammen gearbeitet hatte. Kräuter und Gewüze konnten so viel bewirken. Lavendel beruhigte, Zimt sorgte für gute Laune und heißer Wein löste das Gemüt. Kam dann noch die Erwartung dazu, die an diese besondere Zeit gestellt wurde, kam die ein oder andere genossene Minute von ganz allein. Doch Agda hatte dafür gesorgt, dass die Menschen, die auf diesen besonderen Weihnachtsmarkt kamen, auch fanden, wonach sie suchten. Das war ihre besondere Gabe. Wie viele wanderten an diesen Tagen sorgenerfüllt und unruhig umher. Immer mit dem Gefühl, dass etwas fehlte. Dass sie der Zeit nicht gerecht wurden. Dass die Zeit immer so schnell verflog und niemals reichte, um allen Wünschen gerecht zu werden. Aber ... Wünsche sind eine vertrackte Sache. So manches, was man sich zu wünschen glaubt, benötigt man gar nicht.. Oder schlimmer noch ... war gar nicht für einen gedacht. Man wollte es nur, weil andere es hatten oder man vorgegauckelt bekam, es wollen zu müssen. Und schon gar nicht mussten alle Wünsche erfüllt werden. Und dann gab es die Wesen, die nur an die eigenen Wünsche dachten. Und andere, die nur hofften, die Erwartungen der anderen zu erfüllen. Beide Seiten waren selten glücklich. Für jeden von ihnen hatten Astrid und Agda an ihrem Stand das geeignete Getränk. Und die Kälte und die besondere Magie dieses Ortes brachten am Ende alle Gäste des Weihnachtsmarktes zu ihnen, um einen Tee oder einen Wein zu trinken. Mehr Auswahl gab Astrid den Menschen auch nicht. Tee – oder Wein. Sie besaß ein ganzes Arsenal an Zubereitungsmöglichkeiten für ihre Getränke. Aber die Wahl lag nicht beim Kunden. Agda entschied, welches das richtige Getränk für jemanden war. Mit der Zeit hatten die beiden den Trick entwickelt und die Erfahrung gesammelt, um am Ende jedem dem ihm zugedachten Tee oder Wein in den Becher zu schütten. Astrid würfelte. Und wenn ein Kunde doch zu genau wissen wollte, warum sie jetzt gerade diese Zusammensetzung für jenes oder welches Getränk nahm, hob sie Agda hoch und hielt sie demjenigen als Ablenkung hin. Wieviele Menschen hatten schon einen Zwergfeuerwyrm gesehen?

Geschweige denn angefasst. Und Agda ließ sich gerne bewundern. Um die richtige Magie zu wirken, musste man schon mal zu ungewönlichen Mitteln greifen. Denn nicht jeder Tee oder Wein wirkte bei den unterschiedlichen Persönlichkeiten in derselben Weise. Früher hatte Astrid dies immer breit und lang erklärt ... und kaum etwas ausgeschenkt. Heute machte sie es anders. Pries die Getränke als magisch an - was sie am Ende ja auch waren. Erwürfelte jedem sein Getränk. Dass am Ende Agda die Wahl traf, musste ja keiner wissen. Und wer hätte ihr schon geglaubt? Und so tat sie ihr Werk und blickte in viele verträumte Gesichter. Manche waren auch nachdenklich, einige traurig, andere wütend oder auch nicht ganz eindeutig einzuordnen. Sie konnte nicht sehen, was die Menschen sahen. Und Agda hatte ihr gesagt, dass auch sie die Fähigkeit nicht besaß, zu wissen, was der ein oder andere für sich empfand. Was der jeweilige Mensch sah und erkannte oder vielleicht auch aus den Tiefen seiner Erinnerungen hervorkramte. Der Stand mit den Schneekugeln arbeitete wohl auch mit Erinnerungen. Auch wenn Astrid dies nicht genau sagen konnte. Sie konnte nur die Reaktion der Leute sehen. Die meisten von ihnen entspannten sich irgendwann. Wurden ruhig und schauten sich zufrieden in der Gegend um. Einige bedankten sich, wenn sie den Becher abgaben, und erzählten, was sie noch vorhatten. Wie begeistert sie von dem Getränk waren, wie gut es geschmeckt hatte. Was ihnen alles eingefallen war. Einige eilten nach Hause. Manche nahmen sich die Zeit, sitzen zu bleiben. So unterschiedlich wie die Menschen waren ihre Geschichten. Aber die meisten handelten am Ende davon, dass sich die Menschen mehr Zeit nehmen wollten. Nicht fürs Geld verdienen. Gleich, wie wichtig das auch war. Sondern für das, was sie liebten. Um zu tun, woran sie sich so gerne erinnerten, wovon sie anderen erzählten wollten. Backen mit der Familie und Plätzchen dekorieren mit der Oma, auch wenn das mal länger dauerte. Oder den Baum mit den Geschwistern schmücken, auch wenn es oft unterschiedliche Vorstellungen gab. Musik hören mit einer Tasse heißer Schokolade in der Hand ... ganz allein. Wunderbare Schokolade verkaufte der Stand neben Astrid. Die Familie ausladen und mit dem Partner alleine in Urlaub fahren. Sich einen neuen Job suchen. Sich mit einem Menschen versöhnen. Jeder zog an den Fäden seines Lebens und ordnete sie. Ließ hier und da einen los. Fasste den anderen dafür fester. Dinge wurden klarer. Das Glück, welches man besaß, wurde wieder sichtbarer. Und zum Schluss konnte man doch einmal durchatmen in dieser wundersamen, erwartungsreichen und magischen Zeit.

Von Schnee, der sich erinnert und Melodien, die träumen

Fabienne Siegmund

Schnee, so sagt man, sei die Decke, mit der der Winter die Welt schlafen legt. Ich sage, Schnee ist eine Grenze. Zwischen dem, was war, bevor der Schnee fiel, und dem, was kam, seit er liegt.

Erinnerungen werden mit Vergessen bedeckt. Tränen gefrieren ebenso zu Eis wie Gelächter. Neue Ereignisse, gleich Fußspuren im Schnee überdecken die alten.

Es gibt nur einen Ort, an dem es anders ist. An dem man den bereits gefallenen Schnee wieder aufwirbeln lassen kann. Und mit ihm all die Dinge, die er unter sich versteckt hatte.

In einer Schneekugel ist alles anders. Genau wie in Liedern. Oder Träumen. Denn in Träumen ist immer alles anders.

* * *

Die alte Frau war sich bewusst, dass man sie anstarrte. Aus angsterfüllten Augen, mit zusammengepressten Lippen. Dennoch nickte sie freundlich nach links und rechts, während sie über den kleinen Weihnachtsmarkt ging. Es dämmerte, die Stunde, die sich der Tag in jenen Zeiten von der Nacht stahl, war bereits wieder vorbei. Der Weihnachtsmarkt würde gleich seine Tore öffnen. Die anderen Standbesitzer waren bereits da, und die alte Frau, die man in diesen Kreisen Marit nannte, wusste, dass man sie ebenso fürchten konnte. Da war Ragna mit ihrer Wolle und Lilith mit ihren Schokoladen. Astrid, die Tee und Gewürzwein verkaufte, und das Karussell in der Mitte.

Trotzdem waren die anderen alle eine Einheit, zu der sie zwar gehörte, aber gleichzeitig war sie immer etwas außen vor.

Wegen dem, was sie an ihrem Stand feilbot.

Weil die Schneekugeln, von denen sie auch jetzt wieder eine bei sich trug, anders waren als gestrickte

43

Pullover und Tees, gleich wie mannigfaltig ihre magische Wirkung sein konnte.

Nichts an diesem Ort war so magisch wie die Schneekugeln und die Spieluhren an ihrem Stand.

Nichts vergleichbar mit dem, was sich in den Kugeln befand.

Denn alles in ihnen war echt. Der Schnee, der darin tanzte.

Der Ort oder die Szene, die sie zeigte.

Selbst – auf eine gewisse Weise – die Menschen, die in ihnen weilten.

Jede ihrer Schneekugeln barg eine Erinnerung.

Ein Moment, so schrecklich oder schön, dass es wehtun würde.

Verständlich nur für jene, die sie betrafen.

Mit den Spieluhren verhielt es sich ähnlich. Ihre Melodien bargen Träume. Vergessen, irgendwie verloren. Aber nicht weniger schmerzhaft wie Erinnerungen. Vielleicht sogar noch machtvoller auf ihre Weise.

Marit schmunzelte, während sie den Stand mit den Naschereien passierte. Die Leute hier hatten weder die Schneekugeln noch die Spieluhren zu fürchten. Ihre Erinnerungen waren an anderen Orten gefangen, ebenso wie ihre verlorenen Träume.

So schrieben es ungeschriebene Regeln. Sie hatte es ihnen gesagt, oftmals. Jedes Jahr wieder. Die Markthändler waren geschützt. Sie hatte sie die Kugeln und Spieluhren in die Hand nehmen lassen, den glitzernden Schnee aufschütteln lassen, die Kurbeln drehen und die Melodien erklingen lassen. Und jeder hatte bestätigt, was sie bereits gewusst hatte: Diese Erinnerungen waren nicht ihnen. Genauso wenig wie die Träume. Trotzdem fürchteten sie sich. Weil es eines Tages anders sein könnte. Und keine Angst wuchs größer in den Herzen als die vor dem Unbekannten.

Dabei war eine Erinnerung nichts Unbekanntes. Aber je schrecklicher sie waren, desto mehr wurden sie gefürchtet. Manchmal wurden sogar die schönen gemieden. Weil sie unweigerlich die Erinnerung an einen traurigen Moment mit sich brachten.

Das Pärchen, das sich eben noch trunken vor Glück küsste und kurz darauf in bitterem Streit auseinanderging.

Sie hatte eine Schneekugel, die den Kuss zeigte. Bittersüß, wie der Geruch eines sonnigen Septembertages, wenn man die Sommersonne noch genoss und zugleich den Herbst auf den Lippen schmeckte.

Aber der September war weit, und hier, an diesem Ort, schien er noch ein wenig weiter.

All das galt auch für die Träume. Vielleicht noch mehr.

Die hölzerne Tür zu ihrem Stand begrüßte sie mit einem Knarren und sie betrat ihren Stand. Er lag im Dunkeln, aber das sachte Leuchten des Schnees aus den Kugeln ließ alles schimmern. Vorsichtig stellte Marit die mitgebrachte Kugel zwischen die anderen.

Sie war recht klein, die Figur eines Stoffbären saß in ihr. Kurz zuckte die alte Frau zusammen. Es schmerzte sie immer, die Erinnerungen eines Kindes gefangen in einer Blase aus Glas zu sehen.

Doch es war nicht an ihr, zu urteilen. Die Schneekugeln bauten sich von selbst, legten ihre Form und ihre Größe fest, je nach Wert einer Erinnerung. Die Träume wählen die Melodien.

Marit oblag es nur, sie zu verkaufen. Wenn möglich an die richtigen Menschen. Manchmal waren es jene, die die Erinnerungen oder Träume verloren hatten. Mitunter aber auch Fremde, in denen die Szenen oder Melodien eines anderen etwas auslöste. Und dann gab es noch jene, die einfach nur eine hübsche Schneekugel oder Spieluhr kauften. Marit nahm darauf keinen Einfluss, auch wenn sie immer an den Augen sehen konnte, welches Motiv sie verleitete.

Die Augen verrieten die Menschen immer. Jene Sekundenbruchteile, in denen sich Unglauben und Überraschung, Freude und Schmerz und ganze Geschichten in ihnen widerspiegelten. Selbst erlebt oder gerade erst erfahren.

Marit mochte diese Momente. Dann sah man die wirklichen Menschen, nicht die Masken, die sie sich selbst so oft auferlegten.

Abermals schüttelte die alte Frau die Gedanken ab und sprach ein fremdartig klingendes Wort in die Stille. Sofort leuchteten zwei orange glühende Punkte auf.

»Hallo Flämmchen«, begrüßte sie den Zwergfeuerwyrm lächelnd. Gleich machte sich der kleine Drache auf, die kunstvoll verzierten Öllampen mit seiner kleinen Flamme zu entzünden. Das flackernde Licht ließ die Himmel in den Schneekugeln golden schimmern. Nur in einer blieb alles nachtmondlichtsilbern, Marit bemerkte es nur aus den Augenwinkeln. Mühsam widerstand sie dem Drang, sich umzudrehen und die Schneekugel näher zu betrachten. Stattdessen verließ sie den Stand wieder, um die Lade zu öffnen.

Sie rief Sanna einen Gruß zu, die gerade ihren Stand ebenfalls öffnete.

Ihre Nachbarin erwiderte den Gruß freundlich. »Die Lichter tanzen heute früh«, sagte sie mit einem Nicken hinauf in den nunmehr tiefdunklen Himmel. Marit folgte ihrem Blick und musste ihr beim Anblick der Nordlichter zustimmen, die sich wie ein farbiger Vorhang aus mattem Grün und tiefem Rot über das Dorf legte. Eine Weile blieben die beiden Frauen einfach so stehen, dann wandten sie sich wieder ihren Ständen zu.

Man hörte schon das Nahen der Menschen durch die Gassen, die Straßen trugen die Stimmen als leises Raunen auf den kleinen Platz.

Marit betrachtete ihre Auslage. Die Spieluhren glänzten golden, die Schneekugeln wirkten lebendig, die Figuren schienen sich zu bewegen. Nur die eine nicht. Jetzt wagte Marit einen Blick, aber die Kugel stand gleichermaßen zu sehr in Licht und Schatten von anderen, als dass sie etwas hätte erkennen können.

Seufzend wandte sie sich ab und ging zurück in den Stand, bereit, die Menschen zu empfangen. Für einen, so ahnte sie, würde sich heute etwas ändern. So war es immer, wenn die Schneekugeln ihre Erinnerungen verbargen.

Sie konnte nur den Dingen harren und warten. Schneeflocke um Schneeflocke zählen, wenn sie fielen. Bis geschah, was geschehen musste.

Marit ließ ihre Blicke über den Weihnachtsmarkt schweifen. Alle standen in ihren Buden oder legten noch letzte Hand an, überall taten die kleinen Zwergfeuerwyrme ihre Arbeit, erhitzten Tee- und Glühweinkessel, ließen ihre Flammen an dem Lachs schlecken und wie bei ihr selbst erhellten die von ihnen angezündeten Laternen die kleinen hölzernen Räume.

Die Glocke der kleinen Kirche schlug zur vollen Stunde. Kinder mit Lichterkronen auf ihren Häuptern betraten den Markt und Marit wurde bewusst, dass heute Lichterfest war. Bald schon kamen auch andere Besucher, aus dem kleinen Ort selbst und aus weiter Ferne.

Marit wusste, was sie anlockte.

Die Magie, die die meisten unter ihnen nicht sahen, aber doch irgendwie spüren konnten.

Die erste Schneekugel verkaufte sie an eine junge Frau mit braunen Haaren und grünen Augen. Die einzelne, rote Rose, die wie durch Zauberhand unter der gläsernen Hülle in Glockenform schwebte, erzählte nicht ihre Geschichte, wohl aber eine Erinnerung.

Marit lächelte zufrieden.

Dann verkaufte sie eine Spieluhr. Die Melodie war für den Mann nichts als ein Lied.

Die nächste Schneekugel ging an eine etwas ältere Frau, Kinder spielten darin mit einem bunten Ball. Angst flackerte in den Augen der Frau, und Marit sah, dass sie eines der Kinder gewesen war.

Drei weitere Schneekugeln und vier Spieluhren wurden verkauft, weil sie hübsch waren oder gut in das jeweilige Zuhause passten.

Niemand griff nach der Schneekugel, deren Inneres immer noch in einem Dunkel aus Nacht und Mondlicht lag. Selbst die Kugeln drumherum blieben unberührt.

Stunde um Stunde verstrich. Kinderchöre sangen ihre Lieder, kleine Tänzer malten mit ihren Kerzenkronen Lichterschlieren in die schneeflockendurchtanzte Dunkelheit. Silberblaue Eissalamander huschten zwischen den Schneekugeln entlang. Mondstrahlen malten eine neue Erinnerung in ihre gläserne Blase.

Die alte Marit zählte die Sterne, wie sie nach und nach am Firmament erschienen, wo sie das Nordlicht mit goldenen Punkten zierten.

Dann betrat ein alter Mann den Weihnachtsmarkt. Er kam durch das Tor, so wie alle. Die Lichterkronen der Kinder beleuchteten sein Kommen. Seine Sachen waren verschlissen und abgetragen, hier und da mit groben Flicken versehen. Die Jahre hatten ihn gebeugt und seine Schritte langsam gemacht. Ganz behutsam ging er von Stand zu Stand, betrachtete die Auslagen, labte sich an den Gerüchen von Nüssen, Schokoladen, Tee, Glühwein, Lachs und Speck. Doch nirgends hielt er an, an keinen Stand trat er näher heran.

Marit bemerkte ihn von weitem und wusste, dass er zu ihr wollte. Wegen der Erinnerung, die im Dunkeln geblieben war.

Manchmal sah man es den Menschen an.

Auch die anderen in ihren Ständen spürten es. Ragna nickte ihr gegenüber aus ihrem Stand mit Strickwaren über die Köpfe der Menschen hinweg wissend zu.

Dann war der Mann bei ihr. Blieb stehen, betrachtete auch ihre Auslage aus der Ferne, dann trat er heran. Aus der Nähe sah er noch ein Stück älter aus. Seine Haut lag in Falten, tiefe Furchen malten Straßen und Flüsse, Berge und Täler in sein Gesicht, die altersfleckigen Hände zitterten, als er sie zu einem Gruß hob.

Marit erwiderte den Gruß, wollte gerade damit beginnen, ihm ihre Waren feilzubieten, wie sie es immer tat, gleich ob sie den Kunden mochte oder nicht. Auch darüber durfte sie nicht richten.

Aber der Mann schnitt ihr mit einer Geste das Wort ab und griff zielgerichtet nach der dunklen Schneekugel. Stumm hielt er sie sich vor die blassgrauen Augen und schüttelte sie. Die Dunkelheit verschwand aus der kleinen Glaskugel und sie machte eine Wiese voller Sommerblumen sichtbar. Der Mann lächelte, aber gleichzeitig glitzerten Tränen in seinen Augen.

»Es ist nicht meine Erinnerung«, sagte er, obwohl Marit nicht gefragt hatte. »Es ist ihre. Aber sie kennt sie nicht mehr. Sie hat sie alle verloren. Sie … sie wurden ihr gestohlen. Ich bringe sie ihr wieder. Damit sie weiß, wie glücklich sie einst war. Als ich mit ihr über Wiesen tanzte, zwischen Klatschmohn und Kornblumen, Butterblumen und Ranunkeln.«

Marit nickte. Sie musste nicht mehr wissen, um zu verstehen, dass der alte Mann seiner Liebe einen Moment des Glücks zum Abschied zu schenken. Es schmerzte sie, aber so war es mit Erinnerungen oft. Sie kamen am Ende.

»Ich wünsche euch Glück«, sagte sie daher nur und nannte ihm den Preis, den ihn die Erinnerung kosten würde. Der Mann nickte und stellte die Schneekugel ab, um in seine Taschen zu greifen. Da fiel ein Lichtstrahl auf eine der Spieluhren und ließ sie kurz aufblitzen. Der Mann hob erstaunt den Kopf und griff nach der Uhr. Langsam drehte er die kleine Kurbel. Eine Melodie ertönte. Sie legte sich über den ganzen Weihnachtsmarkt, in das Lied, zu dem sich das alte Karussell gerade drehte, selbst in das, welches die Kinder gerade auf der Bühne rechts von Marits Stand sangen.

Alle hörten sie, doch nur wenige schenkten ihr Beachtung.

So wie zwei Kinder, die gerade auf den Karussellpferdchen saßen und der Melodie hinterhersahen wie einem Vogel, der davonflatterte. Oder Marits Standnachbarn.

Vor allem aber Marit und der alte Mann.

Die alte Frau erkannte ihren Irrtum. Es ging bei der Erinnerung nicht um einen Abschied, sondern um einen Neuanfang. Um Mut, den ein Vater seiner Tochter geben wollte, die sich in Dunkelheit verirrt hatte.

Und der alte Mann fand in dem Traum die Hoffnung, es zu schaffen.

Marit nickte ihm abermals zu und nannte den Preis für den Traum. Der alte Mann zahlte auch ihn und verabschiedete sich. Er würde nicht wiederkommen.

Aber vielleicht eines Tages seine Tochter. Um eine Erinnerung für ihren Vater zu suchen. Oder für ihre Kinder.

Oder einen Traum.

Denn sie würden diesen Ort immer finden.

Die alte Frau hinter ihrem Stand mit Schneekugeln und Spieluhren lächelte. Sie mochte es, wenn die Geschichten, die sie verkaufte, ein gutes Ende nahmen.

Vor ihr bauten die Schneeflocken eine neue Kugel, für eine neue Erinnerung.

Karussellträume

Kerstin Radermacher

Ächzend half Lasse seinem Enkel auf das schwarz lackierte Holzpferd mit dem kunstvoll aufgemalten Sattel und Zaumzeug, auf das der Junge mit leuchtenden Augen zugelaufen war. Sie hatten den Weihnachtsmarkt in seinem Heimatdorf hier oben im hohen Norden gemeinsam seit den frühen Nachmittagsstunden besucht und nun, nachdem die Prozession zu Ehren der Heiligen Lucia vorbei war, war es langsam an der Zeit, wieder nach Hause zurückzukehren. Doch zuvor hatte Lasse seinem Enkel versprochen, dass dieser noch einmal mit dem alten Karussell fahren dürfe, welches sich in der Mitte des Weihnachtsmarktes befand. Lasse gab den Fahrschein der Schneeelfe, die für das Fahrgeschäft zuständig war, und sagte zu seinem Enkel:

»So, Ole, jetzt halt Dich gut fest. Der Opa schaut Dir von unten aus zu. In Ordnung?«

Damit drehte er sich um und stieg mühsam die drei Stufen hinunter, bis er wieder festen Boden unter seinen Füßen spürte. Dann drehte er sich zu Ole um und winkte ihm zu. Dieser hielt sich konzentriert an der Stange fest, an welcher das Pferd befestigt war, fing aber an zu Strahlen, als er seinen Großvater sah, und winkte schnell zurück, bevor er sich wieder mit beiden Händen an der Stange festhielt, während sich das Karussell langsam in Bewegung setzte.

Als Lasse dort unten stand und in Richtung Karussell blickte, kehrten vor seinem inneren Auge die Erinnerungen zurück an früher. Auch er hatte schon so manche Fahrt auf einem dieser Holzpferde verbracht. Zuerst angeschmiegt an seine Mutter, weil er noch so klein war, später dann ganz stolz alleine. Und bei jeder Fahrt hatte die Magie des Karussells gewirkt und er das Gefühl gehabt, dass die Wirklichkeit verschwamm, dass das Pferd, auf dem er saß, lebendig wurde und es mit ihm über grüne Wiesen und durch Felder und Wälder galoppierte. Schneller und immer schneller wurde der Ritt, und so manches Mal war es ihm, als ob sie fliegen würden. So war es nicht nur ihm ergangen, sondern auch Mette, seiner Frau, die er - wie der Zufall es wollte - damals an dem Stand mit dem Tee und den Gewürzen bei einem Krug heißen Tees kennen- und lieben gelernt hatte. Mette. Sein Herz wurde leicht und gleichzeitig schwer, als er an sie dachte. Wie glücklich waren sie gewesen, hatten Höhen und Tiefen erlebt und trotzdem immer zueinander gehalten. Mette war der strahlende Mittelpunkt seines Lebens gewesen, immer ein

Lächeln auf den Lippen und immer freundlich zu allem und jedem, egal ob Mensch oder Tier. Doch nun war sie fort. Kurz nachdem sie im Frühjahr ihren 70. Hochzeitstag gefeiert hatten, war Mette krank geworden und hatte sich nicht mehr davon erholt. Tränen stiegen Lasse in die Augen, als er an den letzten Moment zurück dachte, bevor Mette für immer die Augen geschlossen hatte. Selbst da hatte sie ihn noch angelächelt. Und nun war er alleine und vermisste seine Frau jeden Tag aufs Neue.

Helles Kinderlachen holte Lasse aus seinem Tagtraum ins Hier und Jetzt zurück. Er wischte sich die Tränen aus den Augenwinkeln, schaute hinauf zum Karussell und sah Ole, wie dieser fröhlich lachte und ihn anstrahlte.

»Opa, schau! Hast Du das gesehen? Wie ich geritten bin?« Das Gefährt war mittlerweile wieder zum Stehen gekommen. Lasse wurde bewusst, dass er doch nicht so alleine war, wie er angenommen hatte. Ihre gemeinsame Tochter hatte zwar mittlerweile eine eigene Familie gegründet und wohnte in der nächsten größeren Stadt, allerdings kam sie immer noch regelmäßig mit ihrem Mann und Ole zu Besuch, so wie es heute der Fall gewesen war.

»Nochmal Opa, bitte! Nur noch ein einziges Mal!«, rief Ole ihm von dem Pferd aus zu, auf dem er immer noch saß.

»Ist ja gut, Ole. Einmal darfst Du noch fahren. Und weißt Du was? Dieses Mal fahre ich mit Dir mit.« Lasse löste noch zwei Fahrscheine bei dem Zwerg, der im Kassenhäuschen saß, stieg langsam die Stufen wieder hoch und setzte sich auf das frei gewordene weiß lackierte Pferd neben Oles. Er gab wie zuvor die Fahrscheine an die Schneeelfe weiter und das Karussell fing wieder an, sich zu drehen. Und dieses Mal mischte sich sein Lachen mit dem von Ole, als sie sich immer schneller und schneller drehten.

Flyg

Christin Mittler

Sanna ließ sich auf einen Schemel am hinteren Ende des Standes sinken. Das Knistern des Feuers suchte sich selbst durch den Lärm der umstehenden Menschen seinen Weg zu ihr. Gemeinsam mit der Hitze schien es sie einzuhüllen.

Gedankenverloren blickte Sanna in die tanzenden Flammen unter dem Grill, auf dem der Lachs lag. Flyg, einer von vier Zwergfeuerwyrmen, die die Feuer der Räucherbude anheizten, steckte den Kopf aus seinem Schlafbereich. ein faustgroßes Loch im Verschlag des Standes. Er krabbelte durch die Beine der Menschen in Richtung des Feuers. Mit jedem Schritt, mit jedem Ausweichen der Menschen, die ihn meist sahen aber nicht verstanden, was er war, und ihn nicht zu schätzen wussten, vibrierten seine kleinen, ledrigen Flügel.

»Ist dir kalt?«, zog Sanna ihn auf.

Der kleine Drache wandte sich zu ihr und streckte ihr die bläuliche Zunge entgegen, die sie mehr an Eis als an Feuer denken ließ. Er trat so nahe an das Feuer heran, dass seine Pfoten die glühenden Kohlen berührten. Reflexartig beugte Sanna sich vor. Selbst nach all den Jahren befürchtete sie, dass einer von ihnen sich verbrannte.

Flyg schien ihre Sorge zu bemerken. Erneut blickte er zu ihr, in dem kleinen Gesicht war es schwer, eine Gesichtsregung zu erkennen, aber es kam einem Lächeln gleich. Dann wandte er sich wieder dem Feuer zu, ging noch näher heran. Er öffnete das Maul und eine goldene Flamme, größer als er selbst, schoss heraus. Für einen Augenblick blieb sie in der Luft hängen, verformte sich, wechselte von Gold zu Rot und Grün wie seine Schuppen und wieder zurück zu Gold. Dann wurden sie eins mit den Flammen des Grills, der in seiner Verankerung leicht schwankte.

»Übertreib es nicht«, erinnerte sie ihn, obwohl sie nur zu gern dabei zusah, wie er seiner Arbeit nachging, wie er Flammen aus dem Nichts erschuf und etwas mit ihnen bewirkte. »Sonst verschreckst du uns noch die Gäste.«

Sie erhob sich, als sie gerufen wurde. Hin- und hergerissen zwischen der Aufregung, die sie liebte, dem Tumult inmitten der Menschen und ihren schmerzenden Füßen. Sie richtete ihren Pferdeschwanz und trat zu ihrer Familie an die brutzelnden Öfen und Kessel und den zweiten Grill, für den ein anderer Zwergfeuerwyrm verantwortlich war.

Sie setzte ein Lächeln auf. »Was kann ich für Sie tun?«

Ein Stück ihres selbstgemachten Brots. Sanna liebte den Duft, musste sich täglich zwingen, nicht heimlich etwas davon zu naschen.

Geräucherter Lachs. Drei Lachsbrötchen.

Sie huschte zum Grill, an dem Flyg immer noch saß und sich wärmte, zwinkerte ihm verschwörerisch zu und bereitete das Essen vor. Jeder kam, um bei ihr zu essen. Jeder, der aß, machte Komplimente. Es gab niemanden, dem es nicht schmeckte. Es lag an dem Feuer der Zwergfeuerwyrme. Nur die Besitzer der Stände und diejenigen, die zwischen den Schneekugeln, dem prachtvollen Karussell und dem Glühwein aufgewachsen waren, wussten, welche Kräfte in ihnen schlummerten. In jeder Flamme lag ein Stück ihrer Magie, ein Stück Macht der Natur, aus der sie entstanden waren. Das Essen machte die Menschen glücklich, ließ sie den Weihnachtsmarkt als das sehen, was er für Sanna schon immer gewesen war. Ein kleines Wunder, etwas Bekanntes und Neues zugleich in einer Welt, die sich stetig veränderte, schneller wurde, bis man den Überblick verlor.

Sanna arbeitete weiter, bis ihr der Schweiß auf dem Gesicht stand. Essen, Getränke, wieder anderen zeigte sie den Weg. Nur gelegentlich hielt sie kurz inne, um den Gesprächen ihrer Gäste zu lauschen, wie sie über ihren Tag redeten, über die Arbeit, die Kinder.

Immer, wenn der Dezember nahte, fühlte sie sich wie abgekapselt von ihnen, als gehörten sie in eine andere Welt.

»Was ist denn heute los?«, hörte sie einen Gast fragen und obwohl sie wusste, dass die Frage nicht an sie gerichtet war, erwiderte sie. »Das St. Lucia-Fest, es müsste bald beginnen. Haben Sie noch nie davon gehört?«

Er schüttelte den Kopf, auf dem eine Pudelmütze saß, die er bei Ragnas Wollzauber gekauft haben musste. Sanna erkannte eines ihres liebsten Strickmuster.

»Sie sollten bleiben und es sich ansehen. Es ist wundervoll, wenn die Kinder mit Thoris´ Kerzen ihre Prozession machen. Sie sind wie Geister, zauberhafte kleine Geister ... Sehen Sie es sich einfach an«, empfahl sie, als ihr bewusst wurde, dass sie ins Schwärmen geriet. Unter ihren bereits vor Hitze geröteten Wangen wurde sie rot vor Scham.

»Bekomme ich noch ein Brötchen?«

Sanna nickte und wandte sich ab. Ein weiteres Mal richtete sie ihren Zopf. Ihre Mutter hatte erst vor wenigen Minuten neuen Fisch in den Grill eingespannt. Sanna wartete, sie wusste, sie hätte weiterarbeiten sollen, zum nächsten Grill gehen müssen. Menschen waren ungeduldig, hungrige und durstige Menschen umso mehr. Aber Flyg und sie arbeiteten immer zusammen, sie hatte das Gefühl, dass das, was er erhitzte, besser war, weicher. Und ihre Gäste wollten doch das Beste haben.

Doch als ihre Mutter vom Grill zurücktrat und auf das Feuer wartete, geschah nichts. Sie warfen sich einen verwunderten Blick zu.

»Flyg?«

Es gab keine Reaktion.

Sanna kniete sich hin, sah jedoch den kleinen Zwergfeuerwyrm nicht. Nicht einmal eine Schuppe. »Flyg«, wiederholte sie. Sie ging herüber zu seinem Schlafplatz, steckte vorsichtig einen Finger herein. Kleine Krallen legten sich um ihren Finger, aber es waren nicht Flygs bläuliche, sondern rote. »Habt ihr Flyg gesehen?«, fragte sie in die Dunkelheit herein, ohne eine Antwort zu erhalten.

Sie ging herüber zu ihrem Vater und ihren Brüdern, musste rufen, damit man sie verstand, und wollte gleichzeitig nicht zu laut reden. Die Stände waren Teil der Illusion, der ganze Markt war eine einzige Illusion, man durfte ihnen den Stress ansehen, dass sie hart arbeiteten, aber nicht, dass etwas nicht stimmte.

Aber auch sie hatten ihn nicht gesehen.

»Er wird schon auftauchen, weit kann er nicht sein. Vielleicht ist er auf dem Dach, er sieht sich gerne das Karussell an«, erinnerte ihre Mutter sie.

Aber Sanna verspürte ein sonderbares Gefühl in ihrer Magengegend. Sie ging raus, schnappte sich aus dem Anhänger hinter dem Stand die Leiter. Sie versuchte, ihr Verkaufslächeln aufzusetzen, während immer mehr Leute sie beobachteten, wie sie hochkletterte. Rauch stieg ihr entgegen, vernebelte ihr die Sicht.

»Flyg?«, rief sie erneut, hoffte, irgendwo durch das Grau des Rauches und die Schwärze der Nacht etwas hellblau schimmern zu sehen. Aber sie hatte kein Glück.

»Er war noch nie weiter weg«, sagte sie an ihre

Mutter gewandt, als sie wieder in der Bude stand. »Wo kann er denn nur sein?«

»Er ist bestimmt einfach müde. Hat sich irgendwo zusammengerollt und schläft.«

Sanna schüttelte den Kopf und suchte dennoch noch einmal, ignorierte die Bemerkungen einer ihrer Brüder, dass er schon auftauchen würde, sie sollte ihnen lieber helfen. Schließlich hätten sie Gäste und drei weitere kleine Feuerspeier. Aber keiner von ihnen war ihr kleiner Feuerspeier. Keiner von ihnen war Flyg.

»Ich gehe ihn suchen. Weit kann er nicht sein.« Ihr entging nicht, dass sie dieselben Worte verwendete wie ihre Mutter, aber auch die beruhigten sie nicht. Bevor man sie aufhalten konnte, rannte sie los. Sie ignorierte die Rufe, entging den Händen, die nach ihr griffen, rannte erneut zu ihrem Wagen hinter dem Stand und packte ihren Mantel. Sie schlug den Kragen hoch, dennoch hatte die beißende Kälte Gesicht und Hals schon bald in taube Hüllen verwandelt. Der Wind blies ihr den blonden Zopf um den Kopf, sie kuschelte sich enger in ihren Mantel, während sie über den Weihnachtsmarkt ging und die Augen offenhielt. Sie bewegte sich mit der Masse, versuchte nicht stehen zu bleiben und dennoch alles überblicken zu können. Obwohl sie sich nicht von ihnen unterschied, in ihrer Menge verschwand wie jeder andere, fühlte sie sich auch hier fremd.

Mehrmals rief sie nach Flyg, fragte vereinzelte Passanten, die an den Buden stehen blieben. Aber keine Spur von Flyg.

Da rannte sie. Die Menge wurde ihr egal, sie rannte mit ihr, gegen sie. Quetschte sich hindurch, bis sie den Ausgang erreichte. Eisige Kälte legte sich auf ihren Brustkorb. Sie schnappte nach Luft. Von weiter entfernt hörte sie erste Kinderstimmen, aus den Augenwinkeln sah sie das Flackern von Kerzen.

»Flyg.«

Der nahegelegene See war noch nicht in Sichtweite, als sie ihn endlich fand. Er saß mitten auf der Straße, klein und zusammengerollt, sodass sie beinahe an ihm vorbeigerannt wäre. Aus seinen Nüstern stieg Dampf auf, dunkler als üblich, dichter. Die kleinen Flügel lagen dicht an seinem Körper, sie zitterten.

»Was machst du denn für Sachen?«

Er hob eine zitternde Kralle und deutete in die Richtung, aus der jeden Moment die Kinder für das St. Lucia-Fest kommen mussten. Der Lichterzug, der jedes Jahr die Menschen anzog.

Sie streichelte über seinen ledrigen Kopf. »Aber du siehst sie doch von der Bude aus.«

Der kleine Drache neigte seinen Körper vor, sodass er ihr beinahe aus der Hand fiel.

Sanna folgte seinem Blick, die ersten Lichter durchbrachen die Dunkelheit. Die flackernden Kerzen wirkten befremdlich auf sie und zugleich beruhigend. Aber das war es nicht, worauf Flyg hinauswollte, wie ihr bewusst wurde.

Sie folgte dem Weg, drückte Flyg enger an sich, je mehr sie ihn aufwärmte, desto mehr Wärme strahlte er aus. Seine Schuppen wärmten ihre Hände, sein Atem ließ ihre Gänsehaut vergehen. Sie ging den Lichtern entgegen, doch bevor sie auf den Umzug der Kinder trafen, zog er an ihrem Oberteil, lotste sie vom Weg ab.

Dampf stieg auf, vernebelten ihr die Sicht in der zunehmenden Dunkelheit. Die Hitze, die sie umfasste, kam nicht länger nur von Flyg. Sie vertrieb die Kälte, schien Sanna vergessen zu lassen, dass sie sich im Winter draußen befand.

Als sie die heiße Quelle in der Nähe des Sees erreichten, setzte Sanna Flyg wieder ab und kniete sich zu ihm. Der Nebel hüllte sie beide ein, sodass sie ihn kaum noch erkennen konnte. Sanna erkannte die Stelle, hier waren die meisten ihrer Zwergfeuerwyrme geboren worden.

Es war die Ironie der Zwergfeuerwyrme. Sie waren der Inbegriff des Feuers, wurden aber im Wasser geboren. Wenn auch in sehr heißem Wasser. Sie schlüpften unter Wasser und kletterten, wenn sie bereit waren, an Land.

»Ich wollte das Lichterfest sehen, ganz, nicht immer nur in der Bude. Weil du zu dem Mann gesagt hast, man dürfe es nicht verpassen. In der Räucherbude sieht man nicht genug. Und ihr hättet es nicht erlaubt.«

Sanna nickte. Ihr Vater sah es nicht gern, wenn sich die Zwergfeuerwyrme weiter entfernten. Er kettete sie nicht an, das schien ihm zu grausam, aber wenn nötig hatte er eine strenge Art an sich, die alle Ketten überflüssig machte.

»Aber warum hast du mir nichts gesagt? Ich hätte es versuchen können, ohne dass du halb erfrierst.«

»Weil ich nicht wusste, ob ich zurückkomme. Feuermachen allein reicht mir nicht mehr«, sagte er so leise, dass Sanna ihn kaum verstand. Seine Stimme war wie ein Echo an der Quelle, schien im Nebel nachzuhängen.

Sanna schüttelte den Kopf. »Wie kommst du auf einmal darauf? Ich dachte, dir würde es bei uns gefallen.«

»Es gefällt mir bei dir«, versicherte er. »Aber ich will mehr. Ich will Kälte spüren, selbst feststellen, wann es mir genug ist. Es ist schön hier draußen. In der Räucherbude ist es immer gleich.«

»Aber es ist doch nicht mehr lange. Wenn Weihnachten vorbei ist, verlassen wir den Markt wieder. Dann siehst du mehr.«

»Bis wir den Verschlag auf einem neuen Markt öffnen. Besseres Wetter, keine Schneekugeln in der Nähe, aber sonst wirkt alles gleich. Feuer machen, damit ihr Mahlzeiten verkaufen könnt. Feuer machen, damit ihr Suppe verkaufen könnt.«

Sanna seufzte und streckte die Hand nach Flyg aus. Er ergriff einen ihrer Finger. Sie spürte, dass er noch immer zitterte, aber sie glaubte nicht, dass es am Wetter lag. »Ich habe Angst um dich. Du kennst dich nicht aus. Was ist, wenn du dich zu weit vom Feuer entfernst und nicht mehr zurückfindest? Du bist doch mein Freund.«

Mit seinen kleinen Krallen drückte er ihre Finger. Durch den Nebel hindurch sah sie seine Flügel schlagen. »Und du bist meine Freundin. Und wenn ihr nächstes Jahr wieder hier seid, komme ich dich besuchen. Aber ich möchte gehen.«

Sanna spürte, wie Tränen in ihr aufstiegen. Was würde sie ohne ihn in der Räucherbude tun? Mit wem sollte sie reden, wenn sie am Tag und am Abend einen ruhigen Moment hatte? Wer sollte sich des Nachts von seinem Schlafplatz wegschleichen, um sie zu wärmen, wenn die vielen Decken in ihrem Bett noch immer nicht ausreichten?

»Du versprichst, dass du mich nächstes Jahr besuchen wirst? Und das Jahr darauf und darauf? Und dass du es nie übertreibst. Du brauchst Wärme, damit dein eigenes Feuer nicht erlischt.«

»Versprochen.«

Sie biss sich auf die Lippen, als wollte ihr Körper verhindern, dass sie die folgenden Worte aussprach: »Dann sehen wir uns nächstes Jahr.«

Mit einem Mal schwebte er vor ihrem Gesicht und drückte sich dann an ihre Schulter.

»Danke«, hörte sie ihn sagen, dann war er auch schon verschwunden.

Sanna blieb noch eine Weile sitzen, wartete, bis sie sich wieder beruhigt hatte. Dann stand sie auf und ging zurück. Der Lichterumzug war bereits weitergezogen, hatten den Markt erreicht. Sanna folgte ihm, in ihrem Inneren kämpfte die Trauer gegen Freude. Freude, weil ihr Freund neue Möglichkeiten hatte, weil sie etwas für ihn hatte tun können, nachdem er viele Jahre lang ihr geholfen hatte.

Jetzt musste sie nur noch ihrem Vater erklären, weshalb sie einen Zwergfeuerwyrm weniger hatten.

Funken aus Kerzenlicht

Ela Feyh

Das vielstimmige Gemurmel der Passanten drang an seine Ohren, doch Thoris Larikson achtete nicht darauf. Ebenso wenig wie auf die Menschen, die sich neugierig über seine Waren beugten. Ihm entging nicht, dass sie mal eine Honigkerze in die Hand nahmen, sie wieder beiseite stellten, um dann nach einer seiner dunkelgrünen Kerzen zu greifen, die den Geruch eines verregneten Waldes in sich trugen.

Leise vor sich hin brummend tauchte er den Kerzendocht ein weiteres Mal in das Wachs, ehe er die Qualität der Kerze prüfend im Licht der einzigen Gaslaterne, die neben ihm von der Decke hing, musterte. Ihm reichte diese eine Lichtquelle, da der vordere Teil seines Standes vom Licht der Kerzen erhellt wurde.

Das weiße Wachs verjüngte sich ohne Schlieren und Abdrücke zum Ende des Dochtes hin. Mit einem zufriedenen Nicken legte er die nun fertige Kerze in eine kleine, sich in einem schmalen Regal unter der Auslage befindende, Schachtel.

»Wieviel kostet diese?«, fragte eine weibliche Stimme. Sie klang rauchig, aber es war der Unterton in dieser, der Thoris den Kopf heben und seine Stirn runzliger werden ließ. Seine buschigen Augenbrauen wanderten bei ihrem Anblick noch weiter zusammen.

»Der Preis befindet sich auf dem Kärtchen direkt vor Ihnen«, entgegnete er barsch und wandte den Blick von ihrer Gestalt ab. In seinen Augen hatten ältere Damen sich für ihr Alter entsprechend zu kleiden. Sein Gegenüber jedoch schien den Jahren entkommen zu wollen: Kaum eine Falte zierte ihr Gesicht, ob verdeckt durch Schminke oder hergerichtet durch die moderne Medizin, vermochte Thoris nicht zu sagen – und dies war ihm auch einerlei. Das Rot der dünnen Lippen stach in seinen Augen, ebenso wie das Gelb der Tweedjacke.

»Sei doch freundlicher zu den Kunden«, ertönte eine Stimme rechts von ihm. Auch dorthin ließ Thoris seinen Blick nicht schweifen. Mit verengten Augen kaute er auf der Lippe, sodass sein kurz gehaltener Vollbart erzitterte, ehe er dem Sprecher befahl: »Huka, hast du die Kerzen für die Prozession vorbereitet?«

Nohukand, sein Lehrling, ein mager geratener Kobold, nicht größer als eine Elle, nestelte hektisch am Saum seines grünen Pullovers.

»Herr ...«

»Larikson«, unterbrach Thoris die noch immer

wartende Frau. Es wunderte ihn nicht, dass sie weiterhin an seinem Stand verweilte. Kaum jemand verließ seinen Stand, ohne etwas gekauft zu haben. Es waren nicht die gewöhnlichen Kerzen, welche die Besucher des Weihnachtsmarktes wie magisch zu ihm zu leiten schienen. Auch wenn ihre Blicke zuerst die weißen Kerzen in Form von Schneeflocken, die Honigkerzen mit der Gestalt von Bären, Eichhörnchen oder Tannenbäumen und die bunten Pyramidenkerzen streiften oder über jene, welche nach Lavendel oder Zimt rochen, glitten. Unweigerlich wanderten ihre Augen in die abgeschiedenen Ecken seines Standes, dorthin, wo der Geruch der eisigen Winterluft in eisblauen Wachskörpern verschlossen war, dorthin, wo das getrocknete Harz der Birken in Kerzenform verewigt zu sein schien und dorthin, wo die Kerzen lagerten, welche die Magie des Lichts mit sich brachten: Polarlichter, Mondlichtschein, Sonnenaufgänge, Sternenhimmel, ...

So auch der Blick jener Frau. Mit entschlossener Haltung deutete sie auf eine Kerze, welche grün-blaues Polarlicht hervorrufen würde. Ihre erste Wahl schien sie vergessen zu haben.

»Wieviel kostet diese?«

Grummelnd nannte er den Preis, während sein Gehilfe Nohukand bereits eifrig die Kerze, welche halb so groß wie er selbst war, aus der kleinen Vitrine holte und zu verpacken begann.

Mit missbilligendem Blick griff die Frau schließlich nach der nun verpackten Kerze und stöckelte auf Liliths Schokoladenstand zu. Thoris schnaubte, sodass sein Bart erzitterte, und wandte sich zur Rückwand der Hütte zu, von wo er einen abgetragenen Mantel nahm. Durch die Anwesenheit seines Zwergfeuerwyrms Baldur war es in der Hütte so warm, dass ihm sein Pullover und eine Weste genügten, doch draußen herrschte tiefster Winter. Das wenige Tageslicht, das ihnen in diesen Zeiten nur eine Stunde vergönnt war, schwand bereits hinter den Bergen des Fjords, dennoch war es nicht düster. Der Schnee reflektierte die Lichter der Buden und des kleinen Karussells, welches sich in der Mitte des Marktes zu leiser Musik um seine eigene Achse drehte.

»Die Kerzen, Huka ...«, brummte er erneut, als sein Gehilfe noch immer nicht geantwortet hatte, während er die Jacke mittels großer Knöpfe schloss.

»Ja, Meister!«, fiepte der Kleine und tauchte bereits unter die Auslage ab, auf der die Kerzen präsentiert wurden. Als Nohukand wieder erschien, bedachte Thoris ihn mit einem grimmigen Blick, unter dem der Kobold kleiner zu werden schien. Hastig legte er die er soeben hervorgeholte Kerzenform auf einem an der Seitenwand der Bude angebrachtem Brett ab, welches auch Thoris nutzte, um seine Kerzen herzustellen. Thoris nickte, zufrieden von seiner Wirkung auf den Kobold, und hockte sich hin. Vor ihm, in einer tönernen Schale döste Baldur. Der graublaue Rücken hob und senkte sich gemächlich und kleine Rauchkringel entstiegen seinen Nüstern.

»Baldur, achte auf Huka. Ich besorge neues Räucherwerk.«

Als Antwort gab der Drache ein tiefes Brummen von sich und schlug mit der Schwanzspitze auf den Sand in der Schale.

Thoris erhob sich, überblickte noch einmal seinen Stand und öffnete die Tür auf der Rückseite der hölzernen Hütte.

Sobald die Tür ins Schloss gefallen war, sackten Nohukands Schultern hinunter. Auch seine Finger ließen den Rand des Pullovers los. Etwas war an diesem Kleidungsstück, das ihn beruhigte, wenn er an ihm spielte. Er hatte davon gehört, dass Ragnas Kleidungsstücke eine besondere Wirkung auf seinen Träger haben sollten, aber bislang hatte er diese nicht gespürt.

Der kleine Kobold schüttelte den Kopf, als wolle er diesen Gedanken vertreiben, zog eine Handvoll Dochte aus einer kleinen Box und legte sie auf das Arbeitsbrett. Dann ließ er sich auf die Knie nieder, den Kopf über der Tischkante, sodass er den Zwergfeuerwyrm auf seinem Bett aus Sand sah.

»Baldur, du verschlafenes Monster. Fach das Feuer wieder an!«

»Kaum ist Thoris weg, wirst du frech«, brummte der alte Drache, hob aber den Kopf und streckte seine schuppigen Glieder.

Hukas Lippen kräuselten sich, ehe er sich flink zum Topf mit Wachsstückchen hinaufhangelte, der an der Wand über dem Arbeitsbrett hing. Es war eine Vorrichtung extra für Nohukand, damit der Kobold in Abwesenheit Thoris' ebenfalls Kerzen gießen konnte.

Mittels eines Hebels öffnete er den Trichter am unteren Ende des Topfes und die Wachssplitter fielen in ein Gefäß über der Feuerstelle. Unterdessen hatte Baldur das eingeschlafene Feuer zum Leben erweckt und legte sich neben diesem auf seinen dicken Bauch, den Blick wachsam auf den Kobold gerichtet. Der ließ sich dadurch nicht beirren und werkelte geschäftig weiter.

»Das Wachs Nohukand ...« Baldurs Stimme klang so rauchig wie die dunklen Schwaden, die seine Nüstern bei jedem Atemzug verließen. Manchmal glomm ein winziges Fünkchen in ihnen.

»Wer ist hier der Kerzengießer?«

Baldur gab ein kehliges Brummen von sich, seine Augen verengten sich eine Spur, ehe seine Gesichtszüge sich entspannten.

Nohukand gab einen schnaubenden Laut von sich und presste die Lippen aufeinander, wobei er so heftig in dem Topf rührte, dass das Wachs den obersten Rand des Topfes berührte. Der Kobold bemerkte es kaum, sein Blick verweilte auf dem Rücken des Drachen.

Das war das letzte Mal, dass du dich in meine Arbeit einmischst, Drache! Seine Mundwinkel zuckten bei dem Gedanken in die Höhe. Der Kobold rührte noch einmal heftig und plötzlich spritzte das weiße Wachs auf den Tisch – sowie ein kleiner Teil auf den Rücken des Zwergfeuerwyrms.

Wild fauchend hob Baldur den Kopf, seine sonst gelben Augen blitzten orange auf. »Nohukand!«

»Oh je, Baldur! Das tut mir aber leid!« Nohukand

schlug sich die Hände vor den Mund, doch seine Augen funkelten.

Baldur fauchte erneut, dann erhob er sich mit einer Geschwindigkeit, die man ihm wegen seines plump wirkenden Leibes nicht zugetraut hätte. Geschmeidig bewegte er sich von der Feuerstelle weg auf die Arbeitsplatte zu. Sein Kopf war nun auf Augenhöhe mit dem des Kobolds. Dieser trat einen Schritt zurück, stemmte aber die Hände in die Hüften.

»Und nun? Willst du mich mit deinem Rauch einhüllen, auf das ich halluziniere? Das würde aber gleichzeitig auch das Wachs zerstören.« Er feixte über beide Wangen, was seine großen Augen riesig erscheinen ließ.

»Eines Tages, kleiner Wicht ...« Baldur schnaubte laut, wobei dunkler Rauch aufstieg. Einige rötliche Funken glommen in ihm und als führten sie und der Rauch ein Eigenleben, wirbelten sie für einen Augenblick auf der Stelle, ehe sie sich über den Topf senkten.

»Baldur ...«, säuselte Huka und deutete überflüssigerweise auf das Wachs. Die weiße Masse blubberte stärker, einige helle gräuliche Schlieren in ihr. Die Funken wirkten wie winzige Tropfen roten Lichts in der Masse.

Baldurs Augen weiteten sich, dann schüttelte er den Kopf und begab sich wieder zu seinem Wachposten neben der Feuerstelle.

»He!«, rief Nohukand und sah dem Zwergfeuerwyrm nach.

»Dies ist dein Problem, Kobold. Nicht meines.«

Huka starrte hinab zu ihm, dann in den Topf. Das Grau war kaum zu erkennen, schon gar nicht im schwachen Lampenschein. Aber es war nicht die Farbe, welche Nohukand Sorgen bereitete. Schon in der ersten Stunde seines Lehrjahres hatte Thoris im eingebläut, dass niemals der Rauch eines Drachen in die Kerzen geraten darf. Die Magie in ihm führte ein Eigenleben, dessen Resultat verheerend sein konnte.

Von einem Bein auf das andere tretend, fummelte der kleine Kobold wieder am Saum seines Pullovers, dann zuckte er die Schulter und stellte die Kerzenformen auf, in welchen er die Dochte in Position brachte. Vielleicht würde etwas geschehen, vielleicht aber auch nicht. Innerlich zitterte er jedoch, als er das Wachs in die Formen goss. Es schien flüssiger als gewöhnlich und ein wenig heller, trotz des dunklen Rauchs, den es sich einverleibt hatte.

»Wie ging es noch einmal weiter?«, wisperte er, sobald das Wachs auszuhärten begann.

»Aus dir wird nie ein Kerzengießer«, ertönte gedämpft die Antwort unter ihm. Huka biss die Zähne zusammen, sah aber nicht zu Baldur hinab. Die Genugtuung würde er ihm nicht geben.

»Thoris übernimmt den Rest«, murmelte er, als es ihm wieder einfiel. In diesem Augenblick hörte Nohukand, dass sich die Klinke der Tür bewegte. Sofort versteifte er sich.

»Fertig?«, brummte Thoris, den Kobold nur eines flüchtigen Blickes würdigend, die Augen dann auf die Formen gerichtet.

»Ja, Meister.«

Thoris schürzte die Lippen. »Sie erscheinen mir heller ...«

»Es ist heller als sonst hier drinnen«, entgegnete Nohukand schnell. Thoris musterte seinen Helfer nun doch. Seine kleinen Finger friemelten ununterbrochen am Saum des Pullovers.

»Baldur? Was ist geschehen?«

»Sieh selbst«, grummelte der Drache. Thoris hob bei seinem Tonfall eine Augenbraue und beugte sich hinab. Dann presste er die Lippen fest aufeinander. In den Zwischenräumen von Baldurs graublauem Rücken schimmerte wie weißliches Licht das flüssige weiße Wachs.

»Huka! Dies war das letzte Mal, dass ich dich habe allein arbeiten lassen!«

»Nein, ich ...«

»Nein«, schnitt er dem Kobold mit einer unwirschen Handbewegung das Wort ab. »Sind die Kerzen kontaminiert?«

»Bestimmt nicht ...«, wimmerte der Kobold, seine Finger drohten ein Loch in die Wolle des Pullovers zu bohren.

Thoris zog seine buschigen Augenbrauen so weit zusammen, dass seine Augen kaum noch zu erkennen waren. »Sollten die Kerzen für die Prozession heute Nacht durch deine Schlamperei anders als gewöhnlich brennen, suchst du dir einen neuen Meister.«

Nohukand riss die Augen auf, dann krallte er seine Hände in die Mütze auf seinen Kopf, ehe er geschlagen den Kopf senkte und nickte.

Thoris Larikson bedachte seinen Helfer mit einem letzten durchdringenden Blick. »Entferne das Wachs von Baldurs Rücken.«

»Ja, Meister«, entgegnete Huka kleinlaut und schwang sich sofort zu dem Zwergfeuerwyrm hinab. Thoris achtete nicht weiter auf die beiden und holte die Kerzen aus den Formen, um ihnen ihre besondere Magie zu geben.

Thoris atmete tief durch, als die Kirchturmglocken zum sechsten Mal schlugen. Eine erwartungsvolle Spannung hatte ihn ergriffen, die seinen leicht gebeugten Rücken aufzurichten vermochte. Nohukand neben ihm begann ein wenig zu zittern, er achtete jedoch nicht weiter darauf. In seiner Gegenwart bebte der kleine Kobold häufiger.

Routiniert löste er die Befestigung der hölzernen Tür neben dem Ausstellungfenster und klappte es zu. Neben ihm taten es Ragna und Astrid gleich. Er nickte den beiden Frauen zu, ehe er die Tür des zweiten Fensters schloss. Auf dem dunklen, glänzenden Holz spiegelte sich schwach der Schein der Polarlichter. Thoris hob den Kopf und blickte zu den Bergen, in den sternenklaren Himmel, an dem das Polarlicht in Blau, Grün und Violett tanzte. Viele waren diesem Schauspiel überdrüssig. Thoris genoss den Anblick jedoch jedes Mal aufs Neue. Er gab ihm Ruhe und Frieden, das Gefühl von Beständigkeit im schnellen, gar hektischen Wandel der Welt.

»Freust du dich schon auf die Prozession?«, fragte Astrid. Thoris wandte sich ihrer kleinen Gestalt zu.

»Es wird wie jedes Jahr ein erhabener Anblick.«

Sie nickte mit einem freudigen Glitzern in den Augen, winkte ihm zum Abschied und verschwand hinter ihrer Bude.

»Huka!«

Der kleine Kobold kam so schnell zu ihm gerannt, dass er auf dem Schnee ausrutschte. Im letzten Moment konnte er sich noch abfangen, indem er sich an einem der Blockbohlen der Holzhütte abstützte.

»Ja, Meister?«

»Sind die Kerzen verpackt?«

»Sie liegen bereits in der Kiste.«

Thoris gab ein Geräusch von sich, das an ein Grunzen erinnerte, und stapfte zur Rückseite seiner Bude. Dort, auf der Bank, stand eine dunkelbraune Kiste. Sie war größer als Nohukand, doch durch die Kraft, die den dürre anmutenden Koboldarmen innewohnte, war es diesem möglich gewesen, sie hinauszutragen.

Der Deckel war geschlossen und dennoch wusste Thoris, dass sie mit seinen kostbarsten Kerzen gefüllt war. Er spürte die Magie hinter dem Eichenholz. Sanft ließ er seine Finger über den glattpolierten Deckel gleiten, ehe er die Kiste aufhob und mit ihr zum Markttor ging.

Der Weihnachtsmarkt wirkte nun wie ausgestorben. Ein Ast wurde vom strengen Wind über den festgestapften Schnee geweht und die Augen einer Katze blitzten unter dem zu dieser Stunde ruhenden Karussell hervor. Kaum ein Laut war zu vernehmen, aus der Ferne trug der Wind jedoch Stimmengewirr mit sich. Lachen. Die Prozession würde bald beginnen.

Mit der freien Hand schlug Thoris den Kragen seines Mantels hoch und zog den Kopf weiter ein. Seine Schritte entfernten sich jedoch von der Kirche, an der die Prozession starten würde, trugen ihn zum Ausgang des Dorfes, vorbei an dunklen Fenstern und mit Lichtern und Zweigen geschmückten Fassaden.

»Meister, darf ich dieses Mal die Kerzen entzünden?«

Thoris Augenbrauen wanderten erneut zusammen, seine dünnen Lippen wurden zu einer harten Linie. »Dieses Recht hast du durch deinen Ungehorsam verloren, Nohukand. Sei froh, dass du dabei sein darfst.«

Der Kobold gab einen krächzenden Laut von sich und starrte ihn aus großen Augen an. Dann ließ er den Kopf sinken und schlurfte langsam und mit hängenden Schultern neben ihm her. Thoris Hände schlossen sich bei dem niedergeschlagenen Anblick des Kobolds fester um das Holz der Kiste. Als sie den Dorfrand erreichten, seufzte er tief, fast so, als ob alle Last von seinen Schultern abfallen würde. Die Berge spiegelten sich im sanft kräuselnden Wasser des Sees und wurden vom langsamen Tanz des Polarlichts umschmeichelt. Der Wind raschelte in den Wipfeln der das Dorf und den See umgebenden Birken und Fichten und trug leise Worte mit sich, die stetig lauter wurden. Die Prozession würde in wenigen Minuten bei ihm ankommen.

Schon erkannte er zwischen den Häusern die ersten kleinen weißen Gestalten, dann standen die Kinder vor ihm. Ihre Augen glänzten erwartungsvoll im wenigen, von den Häusern stammenden Licht, das vom Schnee reflektiert wurde.

Feierlich öffnete Thoris den Deckel der Kiste und holte die erste Kerze hervor. Der schmale weiße Körper schien von innen heraus sanft zu glühen. Das Kind, ein Mädchen von vielleicht neun Jahren, nahm die Kerze von Thoris entgegen. Sie wirkte ganz ernst dabei, die Lippen leicht zusammengekniffen, den Blick aufmerksam auf den noch weißen Docht gerichtet. Thoris wandte sich einem Jungen zu, dann einem weiteren Mädchen, bis alle Kinder seine Kerzen in den Händen hielten.

»Seid achtsam mit ihnen«, ermahnte er sie, als er eine Schachtel mit großen Streichhölzern aus seiner Manteltasche hervorzog. »Ihre Flammen brennen heißer, ihr Licht ist strahlender als das gewöhnlicher Kerzen.«

Die Kinder nickten eifrig.

Sich vom Wind abwendend, strich Thoris mit dem Kopf des Streichholzes über die Seite der Packung. Es zischte leise, kaum hörbar über dem Rauschen der Bäume, dann erwachte eine Flamme zum Leben. Bedachtsam, um das kleine Flämmchen nicht zu verlöschen, zündete Thoris nacheinander die ihm von den Kindern entgegengehaltenen Kerzen an. Eine, zwei, drei, bis das kleine Rund der Kinder von strahlend weißen Flammen erhellt wurde. Thoris kniff die Lippen zusammen, die Kinderaugen strahlten jedoch. Sie trugen die Kerzen von Thoris Larikson, dem Mann, der Licht und Wachs ein magisches Leben einzuhauchen vermochte. Sie bemerkten nicht, dass diese Kerzen im Vergleich zum vergangenen Jahr anders brannten.

Ehe Thoris etwas bemerken konnte, zogen die Kinder bereits auf den See zu, dabei wieder das Lied singend, mit welchen sie zum Dorfrand marschiert waren. Hinter ihnen folgten Eltern, ältere Geschwister, Freunde und Verwandte sowie viele Touristen, die wie jedes Jahr der Prozession beiwohnten.

»Huka!«, knurrte Thoris, eilte dabei den Kindern nach, ehe der Kobold antworten konnte. Das Gesicht grimmig verzogen, von seinen Lippen kam ein dumpfes Grummeln. Die Kerzen brannten nun in keiner Weise mehr so, wie sie es sollten. Weder schlängelte sich ihr weißer Schein gleich den Polarlichten am Himmel vom Docht in die Luft, noch erstrahlte ein weißer Kranz direkt um den Docht. Stattdessen wurde das Licht immer heller, sodass er allmählich die Augen verengen musste, um nicht geblendet zu werden.

Thoris hörte jedoch nur Oohs und Aahs aber keine Laute der Angst. Sein Mantel schlug ihm bei jedem Schritt gegen die Beine, unter dem einen Arm trug er noch immer die Kiste, in welcher die Kerzen gelagert hatten.

Als er am Seeufer ankam, wo die Eltern, Geschwister, Freunde und Touristen die Kinder in einem Halbkreis eingeschlossen hatte, holte er Luft und sagte mit noch immer hechelnder Stimme: »Löscht die ...«

Aber die Laute der Kinder übertönten ihn. Selbst die Erwachsen stimmten mit ein. Thoris drängelte sich durch die Menge, um einen Blick auf die Kerzen werfen zu können. Funken aus Kerzenlicht tanzten um den Docht und sprühten letztlich wie bei einem Feuerwerk in die Luft. Als ob die Sterne beschlossen hätten, ihren Platz am Himmel für einen Augenblick zu verlassen, um für die Kindern zu tanzen, flogen die hellen Lichtsprenkel um die Gesichter der Kleinen, über den See und wieder zurück. Manche Funkensprenkel zogen einen Faden aus Licht, gleich dem Schweif eines Kometen, hinter sich her.

Thoris hatte Mühe zu atmen, zu sehr beutelten ihn die Emotionen. Was auch immer der Kobold angestellt hatte, es hatte seine Kerzen ruiniert. Er sah nicht das, was aus ihnen geworden war, nicht das, was alle anderen sahen und in Begeisterung versetzte.

»Huka! Du ...«

»Es war ein Unfall, Meister!«, wimmerte der Kobold zu seinen Füßen, seine Arme fest um den kleinen Körper gelegt, als fürchte er, auseinanderzufallen.

»Du ...«, begann Thoris von neuem, doch wieder unterbrachen ihn die Stimmen um ihn herum.

»Wie wunderschön!«

»Unglaublich!«

»Als würden die Sterne lebendig werden«, seufzte eine junge Frau.

Unschlüssig sah Thoris zwischen den Menschen und Nohukand hin und her, ehe er wieder den Mund öffnete.

»Lieber Thoris. Du hast wieder bewiesen, dass Wunder existieren«, sagte eine Stimme leise neben ihm. Marit, die alte Frau vom Schneekugeln- und Spieluhrenstand, stand neben ihm. Ihr weißes Haar wellte sich im kühlen Wind.

Thoris presste die Lippen aufeinander, seufzte aber schließlich. Als ob Marit ahnte, was in ihm vorging, berührte sie flüchtig seinen Arm. Er zog ihn jedoch beiseite. Die alte Dame flößte ihm wie jedem auf dem Weihnachtsmarkt Respekt ein.

Sein Blick streifte Nohukand, der still und leicht bebend neben seinen Füßen stand. Sein Kopf zuckte jedoch immer wieder Richtung der Kinder. Von seinem jetzigen Standpunkt aus sah er nur Beine.

»Geh, Huka. Sieh zu«, seufzte Thoris und wies mit der Hand nach vorn.

Große Augen sahen ihn unter der blauen Mütze hervor an, dann eilte der Kobold bereits auf den See zu.

Auch Thoris wandte sich endlich dem Schauspiel zu, und verlor sich in den Funken aus Kerzenlicht, welche diese Nacht zu etwas ganz Besonderem machten. Ein kleines Lächeln stahl sich auf seine Lippen angesichts der leuchtenden Kinderaugen.

Das Geheimnis der Christbaumkugeln

Jörg Neuburg

Jeder Mensch weiß wie einfach es ist, eine Christbaumkugel zu zerbrechen. Das dünne Glas zerbricht schon bei kleinsten Krafteinwirkungen. Nicht aber so die Kugeln, die Sören auch in diesem Jahr gemeinsam mit seinem Vater Sven auf dem kleinen Weihnachtsmarkt im hohen Norden verkaufte. Sein Vater kannte eine geheime Herstellungsmethode, mit der er die Kugeln unzerbrechlich machen konnte. Und Sören war in diesem Sommer endlich in dieses Geheimnis eingeweiht worden. Er erinnerte sich noch genau, wie stolz und aufgeregt er gewesen war, als sein Vater ihn zu sich in die Werkstatt gerufen hatte. Doch schon als sein Vater die ersten Arbeitsschritte aufgezählt hatte, war die Vorfreude in Entsetzen und Trauer umgeschlagen. Er hatte sich nichts anmerken lassen, doch dieser Tag im Sommer hatte ihm so einiges klar werden lassen.

Mit leicht hängenden Schultern ging er nun hinter seinem Vater her. Wie gewohnt standen die Buden bereits an ihren Plätzen, als sie ankamen. Auch die Kisten mit den Kugeln waren bereits im Innenraum gestapelt und der kleine Ofen, der von dem davor liegenden Zwergfeuerwyrm befeuert wurde, strahlte eine angenehme Wärme aus.

»Ich bereite alles für die Showeinlage heute Abend vor und lege die Kugeln aus. Du kannst dich so lange auf dem Markt umschauen und die anderen begrüßen gehen.«, sagte Sven zu seinem Sohn, bevor er ihn mit einer deutlichen Geste aus der Bude scheuchte.

Sören ließ sich das nicht zwei Mal sagen. Er zog seine warme Jacke etwas enger um sich und begann seine Runde über den Markt in dem kleinen verschneiten Dorf.

Dieser war von den vielen Laternen und den Kerzen am großen Weihnachtsbaum in ein leicht flackerndes, warmes Licht getaucht. Der Schnee reflektierte den Schein und sorgte trotz der dauernden Dunkelheit für eine angenehme Atmosphäre. Am hellsten leuchtete das Karussell in der Mitte, das zu klassischen Weihnachtsliedern unbeirrt seine Runden drehte und Kinder regelmäßig zu Freudenrufen verleitete.

Gedankenverloren schlenderte er an den Ständen vorbei. Sören liebte all die Leckereien, die an den beiden Nachbarständen angeboten wurden. Besonders die Schokolade von Lilith hatte es ihm angetan.

Und so führten ihn seine Schritte auch direkt zu diesem Stand. Liliths Schokolade duftete so einladend, dass er gleich zwei Tafeln davon kaufte und die erste noch am Stand anbrach. Sofort fühlte er sich besser. Kurz stattete er dem Tee- und Gewürzstand von Astrid einen Besuch ab, um das einzigartige Aroma in sich aufzunehmen, bevor er an den anderen Ständen vorbeischlenderte und die bekannten Verkäufer grüßte. Nur den Stand mit den Schneekugeln versuchte er dieses Jahr zu meiden. Er konnte das Gefühl nicht abschütteln, dass ihm etwas fehlte, wenn er sich dem Stand nur näherte.

Dank seiner Tagebücher wusste er zumindest, was ihm fehlte, doch erst seit dem Sommer hatte er auch Gewissheit über die Ursache.

Als sein Vater ihm erzählte, dass er Naturgeister einfing, um sie an die Kugeln zu binden und diese so unzerstörbar zu machen, war ihm klar geworden, dass dieser Vorgang einen Nebeneffekt hatte. Seine Tagebucheinträge über eine Waldnymphe, mit der er fast seine gesamte Kindheit über befreundet gewesen war, endeten genau zwei Wochen, bevor sein Vater ihm sein Geheimnis anvertraut hatte.

Und dann kann ich mich an all diese Erlebnisse nicht einmal mehr erinnern, dachte er traurig.

»Hast du denn in letzter Zeit etwas gefangen?«, hatte er seinen Vater gefragt.

»Nur eine Waldnymphe, die ich hinter dem Haus gefunden habe«, antwortete dieser.

Sören war wie elektrisiert gewesen.

»Kann ich die Kugel einmal sehen?«, wollte er wissen.

Sven hatte genickt und die Kugel aus einer kleinen Kiste geholt, die direkt neben der Werkbank gestanden hatte. Sören hatte die Kugel auf ihre Unzerstörbarkeit hin geprüft und sie auf den Boden fallen gelassen. Genau wie er es erwartet hatte, bekam die Kugel nicht einmal einen Kratzer.

»Es ist immer wieder beeindruckend«, hatte er gesagt. »Darf ich die Kugel als Erinnerung an heute behalten?«

»Natürlich«, antwortete sein Vater und rieb geschäftig die Hände aneinander. »Nicht mehr lange und du wirst deine eigenen Kugeln herstellen.« Ein Lächeln umspielte seine Lippen.

Nein, das werde ich ganz bestimmt nicht, dachte Sören.

»Bestimmt, ich kann es gar nicht erwarten.«, sagte er stattdessen. »Was muss ich noch wissen? Gibt es vielleicht eine Möglichkeit, den Zauber zu brechen?«

Sven überlegte kurz.

»Nicht soweit ich weiß. Mein Vater hat zumindest nie etwas dergleichen erwähnt.«

Mit einem Kopfschütteln verscheuchte Sören die Erinnerung an den Sommer.

Ich habe noch immer keinen Weg gefunden, um die Kugeln zu zerstören, resignierte er.

Aber ich werde nicht aufgeben. Nicht bevor ich Melaina aus ihrem Gefängnis befreit habe.

Völlig in seinen Gedanken versunken merkte Sören nicht, dass ihn seine Schritte wie von selbst direkt an den Stand mit den Schneekugeln führten. Erst als Marit ihn ansprach bemerkte er es.

»Hallo Sören, schön dich zu sehen. Was verschafft mir deinen Besuch?«

»Oh, hallo Marit.«, stammelte er. »Ich habe eigentlich keinen besonderen Grund, hier zu sein. Ich bin nur auf einer Runde über den Markt, um alle zu begrüßen.«

»Wenn das so ist.«

Die alte Frau lächelte wissend.

»Warum schaust du dir nicht einmal meine Kugeln an? Weil heute so ein schöner Tag ist, kannst du dir eine aussuchen. Nur zu, sei nicht scheu.«

Sören ließ den Blick über die zahlreichen Schneekugeln wandern, konnte aber keine ausmachen, die ihm gefiel. Marit bemerkte seinen zögernden Blick.

»Na, vielleicht ist hier ja eine dabei, die dich interessiert«, sagte sie und holte eine kleine Kiste unter dem Tresen hervor.

»Das sind meine neuesten Werke, die ich diesen Sommer gemacht habe.«

Sören warf einen flüchtigen Blick auf die Kugeln, doch sofort blieb er an einer hängen. Sie zeigte einen Wald mit einem kleinen Teich und um diesen Teich herum tanzte ein Junge mit einer jungen Frau. Verwirrt griff Sören sich an den Kopf, denn plötzlich kam eine Erinnerung an genau diese Szene zurück. Melaina und er tanzten vergnügt über die sonnenbeschienene Lichtung, nicht ahnend, dass sie eines Tages getrennt werden würden.

Noch während er die Erinnerung erneut erlebte, griff er nach der Christbaumkugel, die er immer bei sich trug. Wie in Trance holte er sie aus seiner Tasche, als sie ihm entglitt und auf den Boden fiel. Mit einem Klirren zersprang sie auf den vor den Buden freigeräumten Steinplatten. Tausende Splitter verteilten sich auf dem Boden und lösten sich auf. Und plötzlich stand neben ihm eine Waldnymphe. Ihr ganzer Körper war von Blättern aller Formen und Farben bedeckt und ein breites Lächeln ließ ihr Gesicht strahlen.

»Du hast dich an mich erinnert!«

Ihr Lächeln wurde noch breiter. Dann verbeugte sie sich vor Marit.

»Danke, dass du ihm eine Erinnerung zurückgegeben hast. Ohne deine Hilfe hätte er mich vermutlich niemals befreien können.«

Marit winkte ab und ein Lächeln breitete sich auf ihrem Gesicht aus.

»Nicht doch Kindchen. Nicht ich war es, die ihm geholfen hat. Seine Verbundenheit zu dir hat ihn zu mir geführt. Und dann suchen sich die Schneekugeln selbst aus, zu wem sie gehen wollen.«

Sören, der noch immer halb in seiner Erinnerung gefangen war, begriff langsam, was passiert war, und drehte sich zu Melaina. Ungläubig starrte er sie an.

»Du bist es wirklich!«

Ein Schluchzen entwich ihm.

»Und ich kann mich wieder erinnern. Nicht nur an unseren Tanz, sondern an alles.«

Tränen stiegen ihm in die Augen.

»Wie konnte ich das alles nur vergessen?«

Tröstend nahm Melaina ihn in den Arm.

»Gegen den Zauber warst du machtlos. Und nur eine Erinnerung an mich war in der Lage, ihn zu brechen und mich zu befreien.«

»Ich kann einfach nicht verstehen, wie mein Vater das tun kann. Er sperrt Naturgeister gegen ihren Willen ein und es ist, als ob sie niemals existiert haben«, platzte es aus Sören heraus.

»Nun, das ist die Natur des Zaubers. Dein Vater ist der einzige, der sich noch an alle Naturgeister erinnert. Er hat nicht das Gefühl, dass er uns einsperrt. Er denkt vermutlich, dass er uns eine sinnvolle Aufgabe zukommen lässt.«

»Ich werde mit ihm reden. Ich werde dieses Handwerk nicht von ihm übernehmen.«

Er entzog sich sanft Melainas Umarmung.

»Und ich möchte, dass er dich kennenlernt. Und versteht, wie sehr er uns beide mit seiner Handlung verletzt hat.«

Sören nahm ihre Hand und gemeinsam liefen sie über den Markt zur Bude mit den Christbaumkugeln. Er sah, wie sein Vater gerade die letzten Kugeln in die Auslage legte, und trat von vorne an den Stand heran.

Sven sah auf, als er jemanden an die Bude herantreten hörte.

»Ah Sören, du bist es.«

Dann sah er Melaina neben ihm stehen und begann zu stammeln.

»Du...aber...wie ist das möglich?«

»Vater, wir müssen reden!«

Sörens Stimme war voller Entschlossenheit, als er seinem Vater erklärte, was dieser im Sommer getan hatte und wie sehr es ihn verletzt hatte. Sven hörte schweigend zu und vergrub schließlich das Gesicht in seinen Händen.

»Und daher habe ich eine Entscheidung getroffen. Ich werde Christbaumkugeln herstellen. Aber keine magischen. Ich bin nicht in der Lage, unschuldige Wesen einzusperren und sie dem Vergessen werden zu überlassen.«

Sören sah seinen Vater direkt an.

»Und ich habe eine Bitte an dich. Obwohl, weniger eine Bitte als eine Bedingung.«

Sven hörte sich angeschlagen, traurig und kraftlos an, als er antwortete.

»Was soll ich tun?«

»Befreie alle Naturgeister, die noch in unserem Besitz sind. Du bist der einzige, der sich noch an alle erinnert, da du den Zauber gesprochen hast.«

Sören verstummte kurz.

»Tust du das nicht, dann werde ich dich verlassen und nicht mehr zurückkehren«, flüsterte er.

Sven sah ihn aus großen Augen an. Tränen liefen ihm über die Wangen. Mit erstickter Stimme antwortete er.

»Ich werde es tun. Ich wollte niemals jemanden mit meiner Arbeit verletzen. Ich wollte den Menschen

Freude bereiten mit der Arbeit, die ich voller Stolz von meinem Vater gelernt habe.«

Sven griff hinter sich und nahm willkürlich eine Kugel. Er wandte sich an Melaina.

»Muss ich mich jeweils an ein Erlebnis mit den Wesen erinnern, die ich eingesperrt habe? Oder reicht es, dass ich die Erinnerungen an alle Naturgeister in mir trage?«

Melaina musterte ihn lange.

»Das kann ich dir leider nicht sagen. So weit reicht mein Verständnis des Zaubers nicht. Du wirst es wohl einfach versuchen müssen.«

Sven nickte ihr und seinem Sohn zu, holte aus und warf die erste Kugel vor sich auf den Boden. Sie zersprang in ihre Einzelteile und kurz darauf tanzte eine kleine Fee über den Markt davon. Sören schaute ihr erleichtert nach.

»Vielleicht sollten wir die Kugeln nicht hier auf dem Markt zerschlagen«, schlug er vor, nahm sich eine der Kisten und packte die Christbaumkugeln aus der Auslage wieder hinein. Schweigend halfen Melaina und sein Vater ihm. Gemeinsam brachten sie die Kugeln in den nahegelegenen Wald und eine nach der anderen warf Sven die Kugeln gegen die Bäume und befreite alle Wesen, die er zuvor gefangen hatte.

Die meisten waren zunächst verwirrt ob ihrer plötzlichen Freiheit, verließen die Lichtung dann aber, ohne sich noch einmal umzudrehen. Nur einige Zwerge, Feen und Elfen blieben in den Schatten am Rand zurück und warteten.

»Das war die letzte«, sagte Sven mit einem Seufzer, als ein Einhorn die kleine Lichtung verließ.

Doch er wusste, dass noch nicht alles ausgestanden war. Er hatte die Gruppe Naturgeister und Fabelwesen in den Schatten die ganze Zeit über im Blick gehabt. In Erwartung seiner Bestrafung - und ihm war klar, dass er eine verdient hatte - drehte er sich zu ihnen. Als hätten sie darauf gewartet, trat ein Zwerg auf die Lichtung, gefolgt von einer Fee, die neben seiner Schulter schwebte.

Sören trat zu seinem Vater und legte ihm bestärkend eine Hand auf die Schulter.

Der Zwerg und die Fee waren ruhig und Sören hatte nicht das Gefühl, als würden sie gleich aus Rache über seinen Vater herfallen. Trotzdem war die Stimmung angespannt.

Mit schwer zu unterdrückendem Zorn in der rauen, tiefen Stimme begann der Zwerg zu sprechen, kaum dass er sich vor Sven aufgebaut hatte.

»Würde es nach uns gehen, dann würden wir dich mitnehmen und in den tiefsten Höhlen einsperren für das, was du getan hast.« Er spuckte die Worte voller Verachtung regelrecht aus.

»Und du kannst mir glauben, sollten wir jemals mitbekommen, dass du noch einmal einen Naturgeist einsperrst, dann werden wir genau das tun.« Die Mordlust sprühte aus seinen Augen.

»Doch die hier«, er machte eine ruckartige Kopfbewegung zur Fee, die bisher schweigend neben ihm geschwebt war, »hat mich davon überzeugt, dass etwas anderes wichtiger ist.«

Der Zwerg verstummte, trat einen Schritt zurück und blickte finster drein.

»Versteh uns bitte nicht falsch, wir werden dir und deinen Vorfahren nicht vergeben was ihr getan habt.« Der Vorwurf in der Stimme machte die Worte nur umso härter, zumal man ihre ruhige, sanfte Stimme im Vergleich zum Zwerg kaum verstehen konnte, so dass sich Sven und Sören auf der ruhigen Lichtung näher an sie heran beugen mussten.

»Aber wenn wir dich jetzt bestrafen, dich wegsperren oder umbringen, dann sind wir nicht besser als ihr es gewesen seid.«

Sie macht eine kurze Pause, in die der Zwerg noch einmal protestierend hineinräusperte.

»Außerdem haben wir gemeinsam entschieden, dass wir dir bis zu deinem Lebensende eine Aufgabe übertragen, um für deine Verfehlungen zu sühnen.«

Sven schluckte, seine Stimme klang heiser, als er sprach.

»Was soll ich für euch machen? Mir ist klar, dass nichts gut genug ist, um euch die verlorene Zeit wieder zurückzugeben und euren Familien und Freunden den Schmerz zu lindern, den sie zweifellos durch die nun wieder freigesetzten Erinnerungen erleiden.«

Die Fee nickte.

»Es ist gut, dass du es einsiehst, und das ist auch einer der Gründe, warum wir dich nicht bestrafen werden. Wir wollen lediglich, dass du dich regelmäßig auf die Suche nach den von dir hergestellten Kugeln machst und so viele von ihnen zerbrichst, wie du kannst. Auch wir werden die Kugeln suchen und sie dir bringen.«

Die Fee verstummte und Sven nickte.

»Ich verstehe. Das ist nur gerecht und ich verspreche es euch.«

Sven machte eine tiefe Verbeugung.

»Dann haben wir nun nichts mehr zu besprechen.« Und an Sören gewandt fügte sie noch hinzu.

»So wie wir deinem Vater nicht vergeben, so sehr sind wir dir dankbar, dass du einen Weg gefunden hast uns alle zu befreien. Wir alle wünschen dir ein erfülltes Leben.«

Sören hatte einen Kloß im Hals. Unfähig zu antworten machte auch er eine Verbeugung, während der Zwerg und die Fee sowie alle anderen Wesen, die zurück geblieben waren, die Lichtung verließen.

Schweigend gingen sein Vater, er und Melaina, die nur stumm zugesehen hatte, zurück zum Weihnachtsmarkt.

»Dieses Jahr haben wir auf dem Markt wohl wenig zu tun«, sagte Sören, kaum dass sie angekommen waren, und konnte sich nun doch ein Lächeln nicht verkneifen.

»Du solltest die verlorene Zeit mit Melaina aufholen und den Weihnachtsmarkt genießen.«

Sven griff in seine Tasche und holte ein paar Geldscheine heraus.

»Esst, trinkt, holt euch ein paar schöne Andenken. Das macht zwar nicht wieder gut, was ich euch angetan habe, aber ich hoffe, dass ihr mir eines Tages vergeben könnt.«

Sören blickte zu Melaina, die kurz nickte.

»Das haben wir schon. Ich wusste die ganze Zeit, dass du es nicht absichtlich oder aus bösem Willen getan hast. Ich komme heute Abend wieder und dann veranstalten wir gemeinsam eine Show, wie sie der Weihnachtsmarkt noch nicht gesehen hat.«

Lächelnd griff er nach Melainas Hand und gemeinsam liefen sie über den Markt.

Sven blieb noch ein paar Augenblicke stehen, bevor er mit Tränen in den Augen mit den Vorbereitungen begann.

Die Autoren

Katrin Bohnen

Katrin Bohnen wurde 1991 in einem kleinen Ort im Rheinland geboren und lebt heute in der Nähe von Köln. Schon in der Grundschule hatte sie es geliebt die wildesten und spannendsten Geschichten zu erzählen und sich den Weg in die Traumwelt zu schaffen. Nach dem sie den Weg für ein paar Jahre aus den Augen verloren hatte, fand sie ihn als Teenager wieder und hat heute die Welt der Bücher zu ihrem Beruf gemacht. In der Schreibgruppe „Die Kraniche" fand sie ihre Lust am Schreiben wieder.

Ela Feyh

Ela Feyh wurde 1989 in Eberswalde geboren und entdeckte früh ihre Leidenschaft für das Schreiben. Bereits in der Grundschule entwarf sie kurze Geschichten, in der zehnten Klasse wurde dann der Grundstein für den ersten Teil ihres High Fantasy Epos Sylnen gelegt.
Nachdem ihre Projekte für längere Zeit ruhten, entdeckte Ela gegen Ende ihres Chemiestudiums ihre Manuskripte wieder und schreibt seitdem mit Leidenschaft Fantasyromane.
Bislang erschienen die ersten zwei Teile des Sylnen-Epos sowie die Nephylen-Reihe, weitere Buchideen mit Science Fiction - und dystopischen Elementen warten darauf, vollendet zu werden.
Gegenwärtig verbringt Ela viel Zeit mit ihrer Familie und beschäftigt sich zur Entspannung mit Natur-Fotografie oder mit dem Lesen von Fantasybüchern.
Weitere Informationen unter: www.elafeyh.de

Verena Hansen

Verena Hansen lebt mit ihrem Mann in der Nähe von Köln. Geschichten hat sie von Kindheit an geliebt. Später hat sie dann eigene Erzählungen zu Papier gebracht, von denen Kurzgeschichten in verschiedenen Anthologien veröffentlicht wurden. Die Advents- und Weihnachtszeit war für sie immer etwas Besonderes , das versucht sie in ihrer Geschichte zu zeigen.

Christin C. Mittler

Christin C. Mittler wurde 1995 in Köln geboren. Schon in der Grundschule fiel sie damit auf, dass sie ständig Geschichten erzählen und schreiben musste, egal, ob sie erfunden waren oder auf wahren Begebenheiten beruhten. Und als sie dann das erste Mal einen Harry Potter Roman in den Händen hielt, war vermutlich ihr Schicksal besiegelt: Sie wurde in die fantastische Welt der Magie, der Götter und der übernatürlichen Wesen gezogen und selbst wenn sie körperlich im Studium der Medialen Künste an der Kunsthochschule für Medien in Köln steckt, ist sie im Kopf doch meist in anderen Welten. Ihr erstes Buch hat sie mit dreizehn Jahren geschrieben, doch erst seit drei Jahren erscheinen ihre Fantasyromane wie die Chroniken der Auserwählten.

Jörg Neuburg

Pünktlich zu Weihnachten erblickte Jörg Neuburg 1986 in Brühl das Licht der Welt. Erst kurz vor dem Abitur hatte er das erste Mal den Drang eine eigene Geschichte zu schreiben. Nachdem er dies 2011 bei einer Lesung von Fabienne Siegmund in der Buchhandlung Köhl erwähnte war der Weg zu den Kranichen nicht mehr weit. Seitdem hat er einige Kurzgeschichten geschrieben, von denen zwei in Anthologien veröffentlicht wurden. Er schreibt, neben seiner Arbeit als Buchhändler, weiter an seinem ersten Roman.

Kerstin Radermacher

Kerstin Radermacher wurde 1975 im Rheinland geboren und lebt und arbeitet in der Nähe von Bonn. Schon seit ihrer Kindheit steckt sie ihre Nase in Bücher und versinkt in den Geschichten. Erst seit kurzem wetzt sie zudem selbst die Schreibfeder und gibt mit ihren Kurzgeschichten »Ragnas Wollzauber« und »Karussellträume« ihr Debüt.

Fabienne Siegmund

Fabienne Siegmund, geboren 1980, flog schon als Kind liebend gerne auf dem Rücken eines Glücksdrachen über Phantasién oder sprang mit Begeisterung in literarische Kaninchenlöcher. Mit der Zeit wurden phantastische Geschichten mehr und mehr ihre Leidenschaft, und so begann sie irgendwann selbst damit, Welten zu bauen und Geschichten zu weben. Seit 2009 finden diese regelmäßig den Weg ins Universum der Bücher, so erschienen unlängst beispielsweise die Herbstlande, ein Gemeinschaftsroman mit den Autoren Stephanie Kempin, Vanessa Kaiser und Thomas Lohwasser und „Die Papierprinzessin", eine Liebeserklärung an die Bücher aus ihrer Kindheit. Ihr Herz für Kurzgeschichten lebt sie immer wieder als Herausgeberin von Anthologien aus. Ende 2015 war sie Mitbegründerin des Phantastik-Autoren-Netzwerk (PAN) e.V., in dem sie seit 2017 die Position der Schatzmeisterin übernommen hat.